Krollekopp beginnt zu leben

Dieses Buch widme ich meinen vier großartigen Kindern und wunderbaren Lehrmeistern.

(... and with special gratitude to Patience Scott-Emuakpor)

Dina Johnas

Krollekopp beginnt zu leben

Aufbruch mit 55

Bibliographische Information der Deutschen Bibliothek:
Die Deutsche Bibliothek verzeichnet diese Publikation in der Deutschen Nationalbibliographie;
detaillierte bibliographische Daten sind im Internet über http://dnb.ddb.de abrufbar.

© 2005 Dina Johnas
Herstellung und Verlag: Books on Demand GmbH, Norderstedt
Umschlag-Foto: Wolfgang Schlüter

ISBN 3-8334-3367-1

Fragen

… übriggeblieben. So fühlte sich das also an: Leere, gespenstische Stille, (Lebens-) Müdigkeit. Von der ehemals grossen Familie war Inge als einzige noch am angestammten Platz, alle anderen waren ins Leben gezogen. Was sollte sie mit ihrer Lebenszeit jetzt anfangen?

Nahezu alles Schöne und Erstrebenswerte schien Vergangenheit. Welche Ziele konnte sie sich setzen? Wofür konnte sie noch Energie mobilisieren, wofür lohnten sich die Anstrengungen?

Und gleichzeitig: Das darf doch alles nicht wahr sein! Solche Gedanken in meinem Kopf? Ich war doch immer eine Optimistin, eine, bei der andere oft auftanken konnten. So manches Mal hatte sie das gehört.

Diese Hilflosigkeit in ihrem eigenen Leben – Lähmung, die wie verflüssigtes Blei in alle ihre Zellen gekrochen zu sein schien und – wieder erstarrt – alle Bewegungen schon im Ansatz zum Scheitern brachte. Das, was sie noch an Leben in sich spürte, setzte sich aus Schmerz zusammen, fühlte sich an wie hochgradiger Sonnenbrand auf der dünnen Haut, die ihre Gefühle schützten, und für dessen Linderung sie vergeblich nach einem Mittel suchte.

Aushalten. Durchhalten. Soviel empfundenen Schmerz auszuhalten, ohne daran zugrundezugehen – sie hätte nie gedacht, dass sie das mal können müsste. Aber wer denkt das schon? Das Schwierigste bei allem war für Inge, mit diesem Schmerz weiterzuleben. Gleichzeitig schämte sie sich für ihr Selbstmitleid. Es gab draußen in der Welt so viel mehr Schmerz und größeren als ihren. Sie kannte Eltern, deren Kinder bei einem Unfall ihr Leben gelassen hatten oder einer Krankheit erlegen waren. Inge konnte doch dankbar sein, dass ihre Kinder selbständige und gesunde Menschen waren!

Inge war dankbar. Dankbarkeit für das eine und der Schmerz über das andere lagen in ihr dicht nebeneinander. Der Schatten des Schmerzes war aber unaufhörlich gewachsen und nahm jetzt der Dankbarkeit das Licht.
Das ist doch das Schicksal aller Mütter! Erwachsene Kinder, die es sich im Hotel Mama gut gehen lassen, würde ich doch gar nicht akzeptieren, sondern aus dem Nest werfen – um ihrer selbst und meinetwillen. Also: Es ist der natürliche Lauf der Welt. Alle Kinder gehen, wenn sie erwachsen sind, aus dem Haus, und die Eltern sind auf sich selbst zurückgeworfen. Inge herrschte sich selbst an, mit

dem Jammern aufzuhören. In Inges Fall war sie auf sich alleine zurückgeworfen. War das ihr Problem?

Vor zwölf Jahren hatte es den Familienvater ins Elsaß zu einer anderen Partnerin mit neuer Familie gezogen.

Inge konnte sich drehen und wenden, wie sie wollte, sie konnte den Tränen nicht entfliehen. Wenn sie – was jetzt seltener vorkam – das Radio einschaltete, weckte prompt die Musik Erinnerungen an Erlebnisse mit einer ihrer Töchter. Oh Mann! Ausgerechnet dann, wenn sie sich mit Hintergrundmusik beim Putzen entspannen wollte, brachte dieser Sender Songs, bei denen sie mit Annika zusammen auf Inlinern am nahegelegenen Stausee unterwegs gewesen war. Es klappte nicht, den Erinnerungen an ihre lebendigste Lebenszeit zu entkommen. Annika und sie waren mit full speed um den See gebladet, und sie hatten sich die Musik geteilt. Einen Knopf hatte die Tochter im Ohr, den anderen die Mutter. Wie hatte sie das gemeinsame Schwärmen für uplifting music, wie sie es nannten, genossen!

Bewundert hatte Inge ihre Tochter immer für deren Selbstbewusstsein. Bei Annikas Gardemaßen kam es nicht selten vor, dass sie von jungen Burschen angegafft oder angemacht wurde. Annika konnte sich aber sehr gut zur Wehr setzen. Am Stausee gab es nun auch zwei Möchtegern-Draufgänger. Als die beiden zu aufdringlich wurden mit ihrem Allmählich-Immer-Näher-Bladen, hatte Annika Halt gemacht, sich mit verschränkten Armen und unmißverständlichem Blick aufgebaut und die beiden ab- und vorbeifahren lassen.

Hinterher hatten Mutter und Tochter sich die Bäuche gehalten vor Lachen. Nicht, dass sie die beiden mit dem Flirt-Anlauf ausgelacht hätten, nein, sie lachten, weil es Phänomene zu geben schien, die für alle Generationen galten. Denn was die Tochter erlebte, war der Mutter nicht unbekannt, aus früheren Tagen natürlich.

Dann kamen sie ins Gespräch über Männer im allgemeinen, ihre Art, mit Gefühlen und Verantwortung umzugehen. Sie entdeckten viele Parallelen zwischen den jungen Aspiranten und den älteren Knaben.»Pfeifen«, meinte Annika lakonisch. Mutter widersprach energisch. Dann begann Inge, Männer aus dem gemeinsamen Bekanntenkreis, quer durch die Generationen, durchzugehen: es gab einige, denen man vertrauen konnte. Wirklich? Die Auslese geriet unerträglich klein. Inge gab sich geschlagen, und das fanden beide eigentlich gar nicht mehr lustig. Wie gering war denn der Prozentsatz der Männer, denen sie emotionale Reife oder zumindest den Willen zum Erwachsenwerden, zur Weiterentwicklung zusprachen? Das war alles andere als schmeichelhaft für die bisher wichtigsten Männer in ihrer beider Leben, was sie da für sich entdeckten. Aber es war ja rein subjektiv!

Sogar der Schuldirektor, den Inge ins Spiel gebracht hatte wegen seiner Loyalität, auch er fiel durch das Raster. Inge meinte, er stehe hinter seinen Schülern, wenn sie zu Unrecht angegriffen würden, und er würde sich dafür einsetzen, daß der Schulträger die Meinung der Schüler mit einbeziehe, wenn es um für sie relevante Entscheidungen gehe. Annika vervollständigte das Bild vom loyalen Direktor auf ihre Weise, und Inge mußte sich geschlagen geben.

„Vergiss es«, hatte Annika das Thema abgeschlossen und ein paar Beispiele genannt, die schlagkräftig genug waren, um Inges These von Männern mit Stärke und Profil für's erste ad absurdum zu führen.

Am Arbeitsplatz stand Inge, wenn sich spontan eine Diskussion über das Leben im allgemeinen ergab, oft dabei, innerlich aber fühlte sie sich längst nicht mehr zugehörig. Die Themen, um die es ging, gehörten für sie zum größten Teil der Vergangenheit an. Das nervte. Eigentlich konnte sie gar nicht mehr mitreden, ohne das Gefühl zu haben, sich lächerlich zu machen. Mittlerweile fühlte sie sich zunehmend unwohl, wenn sie sich einen Satz beginnen hörte mit»Als meine Kinder klein waren….«. Wie mussten ihre ständigen Rückgriffe auf vergangenes Leben da erst auf andere wirken? Alles, was für Lebensfreude stand, lag in der Vergangenheit, und sich mit den aktuellen Themen der Kolleginnen zu beschäftigen – sie fühlte sich dabei wie eine Kuh beim Wiederkäuen.

Irgendwie wollte sie auch nicht mehr auf jeden Zug aufspringen, für den sich die Jüngeren begeisterten. Neue Trends beäugte Inge meist mit kritischem Abstand. Vieles kam ihr einfach bekannt vor, was für die Jungen total neu war.

Sowieso war Inge eher eine, die skeptisch wurde, wenn eine Sportart, die sie seit ihrer Kindheit liebte, zum Trend erhoben wurde. Schon als Fünfjährige war sie gerne mit ihren Rollschuhen unterwegs. Die ersten – das beste Weihnachtsgeschenk aller Zeiten – hatten Eisenrollen, sehr zum Leidwesen der Nachbarn. Inge rollte damit so laut über den Gehweg an den Häusern der Großstadt-Altstadtstraße entlang, dass mindestens ein Mann mit Nachtschicht in seinem

Tagesschlaf gestört wurde. Schimpfende Ehefrauen, die mit Drohgebärde aus dem Fenster schrien, um Inge zu verjagen, waren das Ergebnis. Aber es ging ihr nicht alleine so, und ihre Freude an den Rollen, die für sie damals die Welt bedeuteten, blieb ungebrochen.

Später, als ihre Älteste in die Pubertät kam, gab es eine Renaissance der Rollen. Disco-Roller hießen sie jetzt, und Inge kaufte welche für Meike und sich. Das Paar für 99 D-Mark (wer kennt sie noch, die gute alte Mark?), blaue Schnürschuhe, gelbe Rollen.

Wenn Inge die jüngeren Kolleginnen, mit verdienendem Ehemann zu Hause, in Aktion erlebte, fühlte sie sich immer öfter wie ein Fossil, alt, abgelagert, für den Zeitgeist nicht mehr kompatibel. Viele Gespräche drehten sich um Eindrücke von Fernsehsendungen, meist von Soaps und Talk Shows. Da konnte und wollte Inge sowieso nicht mitreden. Die wenigen Sendungen, die sie ab und zu angeschaut hatte, waren nicht so geartet, daß sie jetzt bereit war, sich einen Fernseher zuzulegen. Inge genügte es, in die eine oder andere Sendung reinzuschauen, wenn sie Tante Anneliese besuchte, die mit ihren 85 Jahren bewundernswert eigenständig in der Großstadt ihr Leben gestaltete. Für Tante Anneliese war der Fernseher wichtige Abendunterhaltung. Das verstand Inge sehr gut, und sie hatte genauso wie die Tante ihre Freude daran, den Talk mit Wieland Backes oder Johannes B. Kerner anzuschauen und anschließend mit Tante Anneliese über das Gesehene zu diskutieren. Oft philosophierten sie dann mehrere Stunden und konnten es kaum fassen, wie schnell Stunde um Stunde dabei verflog. Nicht selten kamen sie erst nach zwölf Uhr ins Bett.

Die Tage bei Tante Anneliese waren für Inge immer erholsamer Genuß familiärer Nähe. So, wie sie sich mit ihren Tanten und deren Ehemännern, mit ihrem Cousin und seiner Frau austauschen konnte, war es mit anderen Menschen nicht möglich. Die gemeinsame Vergangenheit sorgte für eine Vertrautheit, die den Gesprächen eine besondere Qualität verlieh. Seit dem Tod ihrer Mutter wußte Inge umso mehr das Zusammensein mit der Ursprungsfamilie, wie sie sie nannte, zu schätzen. Ihr war die Vergänglichkeit alles vermeintlich Selbstverständlichen seitdem so schmerzhaft bewußt wie nie zuvor.

Vor etlichen Jahren hatte Inge den eigenen Fernseher abgeschafft. Sie hatte sich einfach geweigert, einen neuen zu kaufen, als der alte – für die öffentlichrechtlichen geeignet – in die Knie ging. Natürlich gab es da heftigen Widerspruch bei ihrer Brut, aber für sie interessanterweise legte sich das Meckern sehr bald. Inges »Zwerge« erkannten, dass eigentlich keine Zeit blieb für Seifenopern, Talks und Comedy Shows. Außerdem lebten viele Sendungen davon, andere verächtlich zu machen. Und darin waren sich Inge und ihre Kinder einig – nachahmenswert war das absolut nicht und vieles auch nicht wirklich lustig.

Der Alltag war spannend genug, und Lösungen für die anstehenden Schwierigkeiten zu finden, war manchmal mehr als abenteuerlich.

Nach dem – vorzugsweise – Abend-Essen alle an einen Tisch zu holen, um akute Problemlösungen einzuleiten, das war manchmal richtig harte Arbeit. Lohnende allerdings, fand Inge. Die Kritik, sie sei mit ihrem Gesprächsbedürfnis und –diktat mehr als penetrant, nahm sie meistens gerne in Kauf; zu stark war ihre Überzeugung, dass durch unter den Teppich gekehrte Probleme mehr Zwischenmenschliches zu Bruch gehen könne als durch ein Zuviel an Gesprächen.

Bei den zeitintensiven Diskussionen mit der ganzen Bandbreite familiärer Emotionen ging es heiß her, meist ans Eingemachte und darum, zum gegenseitigen Respekt zurückzufinden. Wenn es gut lief, dann machte man sich sogar gegenseitig Mut für die anstehenden Klassenarbeiten oder die vielen kleinen und größeren Alltagsherausforderungen. Kritik durfte geäußert werden, aber Beschimpfungen und Beleidigungen duldete Inge nicht. Über andere zu lästern, ebenso nicht. Zugegeben, da gab es Einbrüche, auch und vor allem bei ihr selbst …

Gegenseitigen Respekt zu lernen und zu kultivieren – das war für Inge ein wichtiges Anliegen. Streitkultur musste sie selbst genauso lernen wie ihre Kinder.

Harmoniesüchtig sei sie – das hatte sie damals in der Klinik getroffen wie ein Pfeil. Aufsässig sei sie und bockig – das hatte sie dagegen von ihrer Mutter oft zu hören bekommen. Sie wusste selbst schon lange, dass das erste, was sie spürte, pure Angst war, wenn es Reibung mit anderen Menschen gab, privat oder bei der Arbeit. Sie fühlte sich hilflos wie das Reh vor der Schlange, und wegzurennen war das einzige, das ihren inneren Frieden zurückbrachte, wenn auch nicht auf Dauer. Inge wollte daran arbeiten…

Wenn es um ihre Küken ging, erkannte Inge sich jedoch oft selbst nicht wieder: ruhiger, klarer Kampfgeist, daran ausgerichtet, Lösungen zu finden, sich auf ein lebensbejahendes Ziel zu richten, statt gegen etwas anzurennen. Da gab es Momente, in denen sie richtig stolz auf sich war.

Was die Verbannung des Fernsehers betraf, hatte Inge sich an ihre Zusage gehalten, als Ausgleich ihre Kinder öfter ins Provinzkino einzuladen.

Inge liebte die lebhaften Diskussionen nach diesen Filmerlebnissen. Mit roten Ohren saßen sie oft anschließend im Eiscafe der Kleinstadt, um ihre Eindrücke zusammenzuwerfen. Gelacht wurde jede Menge dabei, immerhin waren Annika, Melanie und Gero wahre Meister darin, Szenen nachzuspielen. Inge staunte darüber, wie sich die Drei die verschiedenen Dialoge so schnell hatten merken können, einschließlich der Gestik und Mimik. Jeder trug auf seine ganz eigene Weise Witziges bei.

Wie liebte sie das Lachen ihrer Kinder, vor allem, wenn sie es miteinander taten, mit dem liebevollen Wohlwollen füreinander, dessen wohl nur Geschwister fähig sind. Das Streiten war ja eine andere Abteilung, auch stets nah und greifbar. Aber das war für Inge in Ordnung, damit wollte sie umgehen lernen. Reibung erzeugte schließlich Wärme, und sie war überzeugt, daß nur wer streiten kann, auch wirklich liebesfähig ist. Als Mutter fühlte sie sich beim Lachen und Streiten ihrer Kinder manchmal auf wohltuende Weise ausgeschlossen. Das waren die Momente, in denen sie zu dem Schluß kam, ihre Kinder würden, wenn es die Eltern einmal nicht mehr gäbe, füreinander da sein. Das tat gut.

Eine ihrer grossen Ängste wurde von Inges Vorstellung genährt, daß ihre heranwachsenden oder erwachsenen Kinder irgendwann bei einem vergilbten Therapeutengesicht auf der Couch liegen müssten, um aufzuarbeiten, was in ihrer Kindheit mangels Zeit, Nerven und Geld der Mutter verdrängt oder vertagt werden musste ...

Jetzt, da sie morgens das Haus verliess, ohne mit jemandem gesprochen zu haben, und abends in leere Räume zurückkehrte, vermisste sie ehrlicherweise doch manchmal einen Fernseher. Aber Inge wollte die Leere, die sie in sich spürte, nicht mit Fernsehen füllen. Das war Leben aus zweiter Hand, Leben aus der Konserve. Nein, keine Flucht vor der Dunkelheit in mir! Der bequemste Weg ist schließlich der längste! Und Umwege habe ich in meinem Leben genügend gemacht. Ich will die Leere aushalten. Vielleicht komme ich ja an den Punkt, daß sie sich füllt?

Was würde schließlich durch Ablenkung besser? Nichts, rein gar nichts.

Die Fragen, die sich in ihr mit unbestechlicher Eigendynamik formten, würden dadurch nur noch mehr verdrängt und sich vielleicht so verklumpen, daß sie sich irgendwann als nicht mehr zu beantwortendes Lebens-Fragezeichen vor ihr aufbauten. Nein, sie wollte sich den Herausforderungen im akuten Zustand stellen. Inge wollte keinen Seelenschutt vor sich herschieben.

Sehr tief war die Überzeugung in Inge verwurzelt, dass Führung auf sie wartete, wie auf jeden lernbereiten Menschen, und dass es an ihr selbst lag, sich für diese Führung zu öffnen und sich ihr anzuvertrauen.

Wie dunkel musste es noch in ihr werden, bis sie diesen Schritt wieder schaffte und ein Licht am Ende des Tunnels wahrnehmbar würde? Viel schwärzer und undurchdringlicher konnte es doch eigentlich gar nicht mehr werden, oder?

Inge hatte in ihrem Leben so viele Bestätigungen für ihre innere Führung bekommen! Jetzt aber schien das alles weit weg, für ihre Wahrnehmung, ihre inneren Fühler nicht mehr erreichbar, auch wenn Inges Gedanken den Weg dorthin noch schafften.

Der Funke, dessen Leuchten Inge oft mit allen Sinnen wahrnahm und sie vor Lebenskraft und –freude sprühen ließ, aus dem sie so oft und so viel Kraft geschöpft hatte, er schien erloschen. Inge fühlte sich wie taub. Nichts schien mehr zu greifen. Sie fühlte sich, als wäre sie ein defektes Auto. Sie gab Gas, aber der Motor reagierte nicht.

Inge spürte, daß etwas schmerzhaft von ihr abfiel, oder besser abrutschte. Etwas, an das sie sich in vielen Jahren, vielleicht Jahrzehnten gewöhnt hatte. Was glitt da von ihr herunter, das sie nicht aufhalten konnte, auch nicht aufhalten wollte? Es fühlte sich an wie etwas Enges, eine Art Zwangsjacke, deren Nähte sich gelöst hatten.

Da passierte aber noch mehr. Und dieses Mehr ließ sich nicht stoppen. Es fühlte sich an wie ein innerer Erdrutsch. Seine Geröllmassen bewegten sich mit Schluchzen und Tränenbächen, die nicht mehr enden wollten, als sie einmal in Gang gekommen waren, nach unten. Sie bahnten sich ihren Weg in einen unbekannten Abgrund.

Die dunkelste Stunde ist kurz vor dem Sonnenaufgang – wenn die Not am grössten, ist Hilfe am nächsten – es fällt keine Türe zu, ohne dass nicht ein Fenster aufgeht – tolle Sprüche von netten Leuten. Inge hatte auch immer Optimismus zu verströmen versucht und die verschiedensten Sprichwörter ihrer Großmutter bemüht, wenn sie meinte, jemandem moralische Unterstützung anbieten zu müssen. Jetzt erschienen ihr alle Lebenshilfe-Sprüche wie Hohn, fast als Provokation des Lebens, das – sein negatives Prinzip bestätigt sehend – darüber frohlockte, dass sie selbst der lebende Beweis dafür war, dass aller Optimismus zum Scheitern verurteilt war. Und dass Liebe die stärkste Kraft sein sollte. Pah!

Das Leben ist ein Kampf ums Überleben, und wer zimperlich ist, geht unter. Ätsch.

Inge hatte sich eigentlich fast immer bemüht, aus allem das Beste zu machen. Das hatte sie vielleicht ihrer Kindheit zu verdanken. In vielem war sie auf sich allein gestellt. Geschwister hatte sie keine, zumindest keine Ganz-Geschwister. Es gab zwei Halbgeschwister aus der ersten Ehe ihres Vaters. Mit denen hatte sie leider nicht aufwachsen können. Ihre Kindheit war von Erwachsenen bestimmt, von Willkür, von dem Alkoholismus des Stiefvaters, vom Verlustschmerz über das Verschwinden des leiblichen Vaters, von der Hilflosigkeit der Mutter. Längst waren die Zeiten vorbei, in denen Inge sich dafür bedauert hatte, dass es niemanden gegeben hatte, von dem sie sich als Kind verstanden fühlte. Es gab liebevolle Großtanten. Denen hatte sie vieles zu verdanken. Die Erinnerung an die Liebe und Herzlichkeit der Großtanten hatte manche Verwundung vernarben lassen.

Als Inge in einem Yoga-Seminar vom Kursleiter aufgefordert wurde, die Erinnerung an das erste Gefühl des bedingungslosen Geliebtseins ins Jetzt zu holen, war sofort die Erinnerung an Inges Patentante da, eine der beiden Großtanten.

Inge hatte schon als kleines Mädchen gespürt, dass ihre Großtanten, ebenso wie ihre Großeltern, Mühe damit hatten, dass die kleine Inge äußerlich sehr ihrem Vater glich. Das war alles andere als vorteilhaft, denn Inges Vater hatte

Frau und Kind verlassen, als der kleine Krollekopp gerade mal drei Jahre alt war. Keiner in der Verwandtschaft schien Inges Vater gemocht zu haben, aber Inge hatte bei allem immer gespürt, dass sich alle sehr bemühten, ihr gegenüber vorurteilsfrei zu sein. Was ihnen mal mehr und mal weniger gelang. Inge fühlte sich summa summarum meist als schwarzes Schaf der Familie, sprichwörtlich. Denn die anderen waren durch die Bank blauäugig und mehr blond als dunkel. Sie fiel einfach auf mit ihrem Wuschelkopf, der kaum zu bändigen war. Außerdem bekam sie lange keinen professionellen Haarschnitt, sondern mußte sich der Schere ihrer Mutter ausliefern. Das Ergebnis war so, daß sie oft»Der Mond ist aufgegangen« zu hören bekam. Ihr rundes Gesicht mit der dunklen Wolle drumherum – Inge hatte große Mühe, sich irgendwie attraktiv zu finden.

Ihre krausen Haare hatte Krollekopp vom Vater geerbt. Toxi war Inges zweiter Spitzname, in Anlehnung an einen Film, der in den Kinos lief, als Inge noch in den Kindergarten ging. Es ging um ein Mulattenkind aus einer Kriegsbeziehung. Inge hatte zwar so krause Haare, als wäre sie das Kind eines Afrikaners, dabei aber sehr helle, europäische, Haut. Auch wenn Inge offensichtlich Deutsche war, so hatte sie sich als Kind und Jugendliche viel Diskriminierendes anhören müssen.

Sie gewöhnte sich daran. Zu Hause, bei den beiden ledigen Großtanten, während ihre Mutter arbeitete, war sie umsorgt und akzeptiert. Im Lebensmittelgeschäft von Tante Franziska und Tante Auguste war immer was los. Bei den Kunden war Inge beliebt, weil sie niedlich war und recht altklug dabei. Das fanden die Erwachsenen herzerfrischend, brachte ihr aber bei ihren Spielkameraden eher Minuspunkte ein.

Trotzdem schien Inges Welt in Ordnung, bis der spätere Stiefvater in das Leben ihrer Mutter trat. Die dann folgenden Jahre waren geprägt von Streitereien, Versöhnungen, zunehmendem Alkoholismus des Stiefvaters und Hilflosigkeit der Mutter, wenn ihr alkoholisierter Partner Gewalt einsetzte, um sich Respekt oder Geld aus der Ladenkasse zu verschaffen. Oft wurde Inge als Schutzschild zur Mutter gerufen, wenn es hoch her ging nach einer Zechtour. Sobald der Stiefvater nach Kneipenschluß nach Hause kam, wurde Inge meist durch lautes Schimpfen aus dem Schlaf gerissen. Auch wenn ihre Mutter ihr immer wieder versprach, den Betrunkenen ruhig ins Bett gehen zu lassen, so schaffte sie es nur selten, ihn ins Bett steigen zu lassen, ohne ihn für seine Trinkerei zu beschimpfen.

Zu allem Überfluß heiratete Inges Mutter diesen Mann nach einigen Jahren, in der Hoffnung, er würde sein Versprechen auf Besserung dann endlich einhalten.

Die Rechnung ging nicht auf. Im Gegenteil – die heimische Situation wurde immer unerträglicher, und Inge spürte immer mehr Verantwortung für ihre Mutter, die offensichtlich keine Kraft mehr hatte, sich von diesem Mann zu lösen.

Sexueller Missbrauch kam noch hinzu, den Inges Mutter aber als Lüge abtat, als Inge mit ihr darüber sprechen wollte. Sie war alleingelassen, einsam.

Mit diesem Mann in einem Haushalt leben zu müssen, der für sie ein liebloses Ekelpaket war, das war für Inge unbeschreiblich schwer und wurde schließlich unerträglich. Inges Mutter litt unter der Situation genauso, wollte für ihre Tochter da sein, schaffte es aber trotz verschiedener Anläufe nie, den Widerling vor die Türe zu setzen. Überleben, durchhalten und so schnell wie möglich raus hier! Ich kann und will auf Mutti keine Rücksicht mehr nehmen!

Als Inge viele Jahre später in der Klinik war, um ihre Kindheit aufzuarbeiten, erkannte sie, dass sie als ungeliebtes Kind (so hatte sie sich gefühlt) einen starken Überlebenswillen entwickelt hatte. Ihrer Überlebensstrategie aus Kindertagen verdankte sie sehr viel. Vor allem ihr: »Und jetzt erst recht!«

Inge war freiwillig in die psychosomatische Klinik gegangen. Ihre Depressionen waren ihr unheimlich geworden. Immerhin hatte sie vier gesunde Kinder, lebte mit ihrem Mann und diesen herrlichen Geschöpfen, in die sie mütterlich verliebt war, in geordneten Verhältnissen. Zugegeben, das alte Haus, das sie erstanden hatten, als sie mit Gero schwanger war, hatte sich zu einer Dauer-Baustelle entwickelt. Inges handwerklich sehr begabter und begeisterter Ehemann hatte große Pläne und viele davon verwirklicht. Beruf, ehrenamtliches Engagement in der katholischen Gemeinde, ökologisches Gärtnern und Umbau-Basteln am Haus – das waren sehr viele, zu viele Baustellen gleichzeitig und auf Dauer. Inge konnte irgendwann einfach nicht mehr.

Schleichend hatte sich in ihr etwas entwickelt, das sie nicht mehr ignorieren konnte. Wenn sie ihre Kinder morgens zum Kindergarten und zur Schule gefahren hatte, setzte sie sich auf die Ofenbank, um den vor ihr liegenden Tag kurz zu überdenken und grob zu planen. Was stand an, bevor sie sich wieder ins Auto setzte, um die Zwerge der Reihe nach wieder abzuholen?

Dabei passierte es immer öfter, dass ihr die Tränen liefen. Warum nur? Was fehlte ihr? Allmählich kam sie dahin, sich einzugestehen, dass sie sich unglücklich fühlte, dass sie im Grunde ein Leben führte, wie sie es nur noch von außen toll fand, aber dass dasselbe Leben von innen heraus überhaupt nicht mehr passte.

Scham stieg in ihr auf bei diesen Gedanken. Aber sie sehnte sich nach Nähe, vor allem zu ihrem Mann. Sie waren beide immer sehr beschäftigt. Wenn sie abends im Schlafzimmer das erste Mal in Ruhe einander anschauen konnten, wurden organisatorische, planerische und wirtschaftliche Dinge besprochen. Sie hatten noch so vieles vor …

Schon vor einiger Zeit hatte Inge auf Anraten einer Freundin eine katholische Beratungsstelle aufgesucht. Die Gespräche waren sehr hilfreich, vor allem gaben sie Inge Hilfestellung dabei, mit ihren Träumen Frieden zu schließen. Manchmal wachte sie morgens irritiert auf, wenn sie von einem Kruzifix geträumt hatte, riesig, auf einem verschmutzen Fluß von ihr weg schwimmend.

Nach und nach erkannte sie, wie wenig ihr inneres mit ihrem äußeren Leben übereinstimmte, so, als würde sie das Leben eines katholischen Entwurfs führen, der mit ihren Gefühlen immer weniger zu tun hatte. Ihr religiöses Engagement mit allen Verpflichtungen, aber besonders das Wie wurden für sie immer mehr eine Art Korsett, das ihr die Luft zum Atmen nahm. Außerdem sehnte sie sich sehr nach mehr innerer Nähe zu ihrem Mann. Gleichzeitig brauchte sie sehr viel Zeit, um Nähe wirklich zulassen zu können. Was war nur los?

Es hatte tatsächlich sehr viel mit den Geschehnissen in der Kindheit zu tun. Inge kam während der sechs Wochen in der Klinik hoch oben auf einem Berg endlich wieder oder sogar zum ersten Mal bei sich selbst an und erkannte, dass sie mit ihrem Mann über manches in Ruhe reden müsste. Sie hatte ihre mütterliche Art, mit der sie für die vier Kinder da sein wollte, auf ihren Mann ausgeweitet. Inge erkannte, dass sie sich alleingelassen mit fünf »Kindern« fühlte, sich dafür im Gegenzug bei Dingen, für die sie sich nicht stark genug fühlte, an ihren Mann anlehnte.

Inge und Hans lebten mittlerweile ein symbiotisches Leben mit verblassten Gefühlen und schon einige Zeit nebeneinander her – das war Inges nüchterne und schmerzhafte Erkenntnis nach ihren sechs Wochen auf dem Berg. Sie wollte die Dinge anschauen, wie sie wirklich waren, und nicht mehr, wie sie sie haben wollte.

Buchempfehlungen, wie sie üblich sind, wenn Frauen auf dem Parkplatz vor der Schule oder dem Kindergarten über gemeinsame Themen ins Gespräch kommen, nahm Inge sehr gerne auf. Stante pede stürmte sie nach solchen Gesprächen in die örtliche Buchhandlung, um die Literatur zu bestellen, in die die nächsten Hoffnungen flossen. Sobald das neue Buch dann in ihrer Einkaufstasche förmlich brannte, plante sie mindestens eine Stunde zum Lesen ein, bevor ihre Kinder wieder nach Hause kamen.

Lange wurde sie von Robin Norwoods Bestseller »Wenn Frauen zu sehr lieben« begleitet. Schluchzend saß Inge oft auf der Ofenbank. Es tat einfach gut zu wissen, daß sie nicht die einzige auf dieser Welt war, die sich derart verkorkst fühlte.

Inges Ehrgeiz war es, mit dem Putzen und Kochen fertig zu sein, wenn ihre Kinder nach Kindergarten und Schule nach Hause kamen. Der Tisch sollte gedeckt sein, und ihre Kinder sollten sich willkommen fühlen. Nach Möglichkeit standen schon ein paar gesunde Snacks auf dem Tisch, kleingeschnittene Möhren und Gurken, Tomaten und Äpfel – Inge wollte verhindern, dass in die hungrigen Mäuler Süßigkeiten wanderten, bevor sie eine Chance hatte, mit Gemüse aufzuwarten.

Seit Inge angefangen hatte, sich auch mit ihren eigenen Bedürfnissen zu beschäftigen, an sich zu arbeiten, wurde die Zeit manchmal recht knapp, die sie empfand, bis die Kinder abgeholt werden mußten. Eine Stunde Literatur mit Selbstmitleid ging so schnell vorbei wie sonst nur die Zeit bei einem spannenden Film.

Inge entwickelte sich weiter, veränderte sich. Sie kam in Kontakt mit sich selbst und wollte diesen begonnenen Weg nicht mehr verlassen. Zum ersten Mal – nach vielen inneren Zerreißproben – gestand sie sich ein, dass sie sogar bereit war, ohne ihren Mann weiterzugehen. Was hatte sie bei der Einweisung in die Klinik der jungen Psychologin geantwortet? Die junge Ärztin hatte gefragt, was Inge als Ursachen für ihre Verfassung ausschließen könne? Ihre Ehe, die Kinder, Haus und Ort, wo sie wohnten, war Inges Antwort.

Tja, und wie waren ihre Antworten ausgefallen nach den sechs Wochen dort? Das einzige, was sie von einer Kurzschlußhandlung abgehalten hatte, war die

Tatsache, dass sie ihre Kinder so sehr liebte und für sie da sein wollte. Änderungen standen an im Bereich Partnerschaft, Haus und Ort… Inge hatte panische Angst vor dem Neuen, aber sie wusste, es würde Veränderungen geben müssen.

Die gravierendste Veränderung war der Umzug in den Süden Deutschlands. Meike blieb mit Partner im Rheinland. Ein Riesenschritt – das Haus mit Garten wurde verkauft, und eine schöne große Wohnung in einem ehemaligen Pfarrhaus stand in Aussicht. Viel Freiheit für die Kinder weiterhin, des Pfarrers Pferde hinter dem Haus und ein Neubeginn.

Fünf Jahre lebte Inge mit Mann und drei Mäusen (und Hund) dort. Sie ging manchmal aus, engagierte sich in einer Laientheatergruppe und unternahm die meisten Dinge, die ihr Freude machten, entweder mit ihren Kindern, mit Bekannten oder alleine. Inges Hans hatte immer noch keinen Geschmack an Ausgehen, Kino oder Abendbummel entwickelt. Ihm gefiel es mehr, abends daheim seine Pfeife zu rauchen und die Ruhe vor dem Fernseher zu genießen, wenn die Kinder im Bett waren. Er wollte mit sich allein sein.

Selbst an den Abenden, an denen Inge daheim war, kam das Gespräch zwischen ihnen nicht mehr richtig in Gang. Das Schweigen zwischen ihnen wurde allerdings lauter, so laut, dass keiner von beiden es zum Verstummen bringen konnte.

So schön die Umgebung war, so gut sich alle in der neuen Heimat eingelebt hatten – die Entfremdung zwischen Inge und Hans ließ sich nicht aufhalten. Seine Arbeit beanspruchte Hans sehr, und da das Altenheim, in dem er arbeitete, in der Schweiz war, war der Vater viele Stunden von der Familie getrennt. Inge gewann immer mehr den Eindruck, dass es ihrem Mann sehr recht war, dass wenig gemeinsame Zeit blieb. Er kam emotional gesättigt von der Arbeit heim, hatte Inge den Eindruck. Denn Hans machte keinerlei Anstalten, Emotionen zu zeigen und etwas von dem leben zu wollen, was Partnerschaft belebt. Inge hatte sich zum Hauptschwungrad der Beziehung entwickelt, aber ihre emotionale Kraft schwand mehr und mehr.

An den Wochenenden hatte Hans sehr oft Bereitschaftsdienst, und Inge fand sich immer mehr in der Situation wieder, daß sie mit den Kindern ein Eigenleben führte, zu dem der Vater immer weniger Zugang fand, es offensichtlich auch gar nicht mehr wollte. Vieles lief nebeneinander her; es schmerzte, aber diesen Schmerz spürte Inge oft erst abends, wenn sie müde und zunehmend frustriert in die Federn fiel. Dann stiegen Gedanken in ihr auf, die sich aus vielen kleinen Eindrücken zusammensetzten und auf eine andere Frau hindeuteten…

In den Jahren des Alleinerziehens hatte Inge ihren Kindern oft mit der Behauptung Mut zu machen versucht, dass das Leben in jeder Lebenslage zu einem interessanten Abenteuer werden könne. Ob es das würde, hänge von jedem selbst ab. Man müsse halt was dafür tun. So einfach sei das!

Lösungen zu finden, wenn sich Schwierigkeiten aufbauten, waren für Inge genau die Erfolgserlebnisse, die sie als Benzin für ihren Lebensmotor brauchte. Ansporn war für sie bei allem, ihren Kindern vorzuleben, dass es sich lohnt, niemals, aber wirklich niemals aufzugeben.

Und jetzt? Wo war dieser Ansporn? Sie fühlte sich mit jedem neuen Tag auf das Ende ihrer inneren Sackgasse schneller zurollen. Und noch schlimmer war: Sie konnte es nicht verhindern und wollte es auch nicht.

Wie hatten noch ihre Antworten gelautet, wenn jemand die Existenz eines liebenden Gottes verneinte?

Sie wusste es nicht mehr. Sie war allzu weit von ihren Antworten entfernt. Daß Gott Impulse und Anschübe gibt, uns sozusagen in den Hintern tritt, um unserer Weiterentwicklung willen – davon war sie doch immer überzeugt gewesen. Und daß es keine Zufälle sind, die uns immer wieder in ähnliche Situationen führen. Daß hinter allem ein liebender Gott einen Plan verfolgt, mit dem wir uns selbst einverstanden erklärten, bevor wir dieses Leben begannen.

Inge schien von ihrer ehemaligen Gewissheit wie durch eine unsichtbare, aber unüberwindbare Wand getrennt. Sie griff nach Büchern. Es gab treffsichere, solche, die ihr immer irgendwie geholfen hatten. Fehlanzeige. Keines konnte sie wirklich erreichen. Sie hatte eine Menge inspirierender Literatur. Warum kam nichts mehr bei ihr an? Sie verachtete sich dafür.

Die Wahrheit war: Sie erwartete nichts mehr vom Leben. Das war es. Es gab diesen dunklen Schleier in ihrem inneren Heiligtum, wie sie es nannte. Dorthin zog sie sich zurück, um Kraft zu tanken, in der Kontemplation gewann sie neue Lebensimpulse.

Inge fehlte die Kraft, um diesen Schleier zu durchdringen. Niemals hätte sie sich ein solches Lebensgefühl vorstellen können. War sie so abhängig von ihren Kindern? Von dem Gefühl, gebraucht zu werden?

Eines ihrer wichtigsten Ziele in der Erziehung war es doch immer gewesen, ihnen zu helfen, eigenverantwortlich leben zu lernen, Stärke zu entwickeln, um hinaus in die Welt gehen zu können und auf eigenen Füßen zu (be-)stehen.

Und jetzt? Ihre Kinder hatten es alle geschafft. Dafür war sie sehr, sehr dankbar. Aber was war mit ihr selbst? Inge hatte diese Stärke nicht, allein mit sich und für sich neue Perspektiven zu entwickeln. Sie sollte sich ein Beispiel an ihren Kindern nehmen! Inge empfand Scham vor sich selbst und war angewidert davon, daß sie die Disziplin nicht aufbringen konnte, nach vorne zu schauen und sich für ihr Leben etwas einfallen zu lassen. Es gab doch so viele Themen, für die sie sich interessierte. Es gab doch so vieles, womit sie sich in ihrer Freizeit beschäftigen könnte. An Ideen hatte es ihr doch eigentlich nie gemangelt.

War ich denn überhaupt schon mal so richtig eigenständig? Nein! Ich bin von einer Abhängigkeit in die nächste geschliddert und habe mir eingebildet, es ebenso gut mit mir alleine aushalten zu können. Ich bin jemand, der sich zu beschäftigen weiß. Alles Lüge!

Das Leben ist Sisyphusarbeit, fand Inge jetzt. Ich muß immer wieder bei Null anfangen. Dazu habe ich einfach keine Lust mehr. Ach ja, Sisyphus – griechische Mythologie.

Griechisch – das erhellte kurzfristig ihr Gemüt. Diese toten Sprachen, Latein und Griechisch, zu lieben – das war irgendwie schräg, fanden einige von Inges Bekannten. Sie erinnerte sich gerne an das streng katholische Mädchen-Gymnasium, das wirklich nur von Mädchen besucht wurde. Die leicht verschrobenen Lehrer, wie sie damals halt waren. Je älter Inge wurde, desto liebenswerter fand sie die unterschiedlichen, teils skurrilen Gestalten. Wenn Inge die Feuerzangenbowle mit Heinz Rühmann anschaute, und sehr zu ihrer Verwunderung waren auch ihre Kinder von diesem verklärenden Zeitzeugnis sehr angetan, fand sie in den Charakteren immer wieder Facetten ihrer ehemaligen Lehrerinnen und Lehrer. Wie sehr sie sich doch bemüht haben! Und wir undankbaren Zicken haben uns ständig irgendwelche Gemeinheiten ausgedacht, vor allem, nachdem wir vierzehn geworden waren und gesiezt werden mussten. Wir fühlten uns ja soooo erwachsen und waren überzeugt, im Grunde schon alles zu wissen, was es in diesem Leben zu lernen gab.

Was waren das für Zeiten! Hosen waren am Hildegardis-Gymnasium verpönt. Als in den 60er Jahren die Ski- und Keilhosen aufkamen, brauchte Inge eine Bestätigung ihrer Mutter, dass sie eine Hose tragen müßte, um eine weitere Blasenentzündung zu verhindern. Sie war der wirklich schmerzhaften Blasenentzündung im nachhinein wirklich dankbar. Mit dem Freischein für Beinkleider durfte Inge ihre grüne Keilhose tragen. Der Tag begann königlich, wenn sie morgens in die Hose schlüpfte, deren unteren Enden über die Fersen gezogen wurden. Dadurch entstand die – so würde man heute sagen – geile Spannung, die die eingearbeitete Bügelfalte sichtbar machte. Inge wagte dann kaum, sich mit angewinkelten Knien hinzusetzen. Also räkelte sie sich mit leicht ausgestreckten Beinen auf ihrem Stuhl und ging das Risiko ein, dafür vom Lehrer ermahnt zu werden.

Auf der Schule, die bis 1965 nur Röcke und Kleider duldete, war der Grundstein für ihre Liebe zu den alten Sprachen gelegt worden, aber auch zu Englisch. Ebenso gründlich wurde ihr aber auch ein Gefühl für Mathe und Konsorten ausgetrieben. Die Naturwissenschaften waren ihr bis zum heutigen Tag ein Buch mit mehr als sieben Siegeln geblieben. Lediglich eine philosophische Annäherung hatte ihren Trotz Zahlen gegenüber phasenweise etwas aufweichen können.

Völlig kraftlos setzte Inge sich im Wohnzimmer auf die Couch, auf ihren Lieblingsplatz, an dem sie Tagebuch schrieb oder einfach las und Musik hörte. Manchmal döste sie vor sich hin und ließ Tagesstationen Revue passieren. Das waren die Zeiten, in denen sie wirklich regenerieren konnte. Sie brauchte diese Stunden ebenso wie ihre Touren mit dem Rad. Sich an der frischen Luft zu bewegen, mit der inneren Kamera Bilder tief in sich aufzunehmen – auch das brachte ihr echte Entspannung. Inge war nicht besonders gut für Gruppensporterlebnisse geeignet. Einige Anläufe hatte sie gemacht, aber seit sie ganztags arbeitete, brauchte sie die sportliche Zeit für sich ganz allein, ohne Gespräche und ohne Bestätigung, dass sie sich mit den neuesten Trends in Mode, Möbeln und Frisuren auskannte.

In den Gesprächen mit ihren Kindern, ja, in diesen Stunden des satten Lebens, im gemeinsamen Lachen, im creativen Blödeln – da hatte sie sich richtig lebendig gefühlt.

Inges Leben war sehr turbulent verlaufen während der langen und doch so schnell vergangenen Jahre, in denen sie hauptsächlich mit der Fürsorge für ihre vier Trabanten beschäftigt war. Sie kreiste um ihre vier Kinder, oft mit dem Auto, um sie von A nach B zu bringen oder abzuholen: Schule, Musikschule, Ballettunterricht, Fussball, Handball, Geburtstage von Freunden, Notruf aus der Telefonzelle, weil es so fürchterlich regnete, und, und, und…

Der fünfte Trabant war ihr Ehemann gewesen, der sein soziales Engagement beruflich als wirklich guter Altenpfleger auslebte, aber in seiner freien Zeit nur wenig Spielräume hatte, um hehre Ziele an Frau und Kindern zu erproben. Klar, er musste auch regenerieren. Die Arbeit mit alten Menschen war anstrengend und sehr wichtig. Sie dagegen fühlte sich mit ihrer Arbeit oft minderwertig; sie leistete im Grunde nicht viel, fand Inge, und zu allem Überfluß war sie oft zu erschöpft, um die wunderbaren Kleinigkeiten des Alltags mit der Familie zu geniessen.

Als Alleinerziehende war sie oft nicht weniger erschöpft. Sie konnte sich aber darauf verlassen, daß ihre Kraftquelle nicht versiegte. Sie tat es einfach. Und in besinnlichen Minuten wurde Inge bewusst, welcher Segen es war, vier gesunde Kinder zu haben, deren Augen oft vor Freude nur so sprühten. Es waren Momente tiefen Glücks. Das gab ihr jede Menge Kraft.

Inge versuchte, in den Augen ihrer Kinder zu lesen, versuchte, ihre unbewusste Blicksprache zu entschlüsseln, um ihnen Hilfe anbieten zu können. Sobald sie einen Hauch von Traurigkeit über den sonst unbestechlich-klaren Blicken ihrer Kinder auch nur wähnte, liefen ihre Sensoren auf Hochtouren. Dann bot sie Gespräch an. Oft kam Abwehr. Und oft bohrte sie trotzdem weiter. Nicht selten kam es dann vor, dass sich ehrliche Kurzgespräche mit dem Schlusssatz ergaben:»Danke, Mama!« Ja, sie war süchtig nach dieser Form der Daseinsberechtigung als Mutter geworden – nach diesen Sternstunden, manchmal nur Sternminuten, aber diesen wichtigsten Kleinodien ihres Lebens. Es tat so gut, wenn das Strahlen in die Kindergesichter zurückkehrte. Außerdem konnte sie die Kinder nicht auf einen Vater verweisen, der eine andere, erweiternde oder korrigierende Sicht anbot. Ihr musste gelingen, die kritischen Situationen allein – immerhin mit Gott als Coach, womit ihr Vertrauen gefordert war – in den Griff zu bekommen. Kinder haben schließlich nur ein einziges Erziehungsschicksal. Die Verantwortung wog schwer.

Inge fiel die Situation mit den Busfahrkarten für den Schulweg ein. Wie hatte sie geschwitzt, wortwörtlich! Sie war mit dem Rad zur Schule gefahren. Worum ging es eigentlich? Ach ja, die Busfahrkarten mussten für ein halbes Jahr im voraus gezahlt werden. Bei drei Kindern war das dritte frei, aber sie hatte das Geld nicht für die beiden, für die gezahlt werden musste. Für 6 Monate – das war ein stattlicher Betrag. Mit dem Ex-Mann hatte sie gesprochen, ob er helfen könne. Nein, könne, wolle er nicht. Ich sei wohl eine Übermutter und solle den Kindern nicht zu viele Steine aus dem Weg räumen. Sie könnten ja auch zur Schule laufen.

Dann war sie zur Schule gefahren und hatte die Sekretärin dort gefragt, ob es möglich sei, Busfahrkarten für drei Monate zu bekommen. Nein, auf keinen Fall, der Verwaltungsaufwand und überhaupt…. keine Ausnahmen! Inge schossen Tränen in die Augen. Wortlos verschwand sie aus dem Sekretariat, fast panisch rannte sie die Treppen hinunter, damit sie bloß niemand sah, den sie kannte.

Irgendwie hatte es dann doch hingehauen. Inge wusste nicht mehr, wie, aber das Sekretariat hatte schließlich ein Einsehen, nachdem ein Lehrer sich wohl über die Tatsache ausgelassen hatte, dass sie alleinerziehend sei. Aber den Schmerz konnte sie immer noch spüren, allerdings auch die Freude der Kinder, dass es morgens ein wenig entspannter mit dem Schulweg ablief. Der Bus war zwar immer rappelvoll, und mittags wurde darüber gejammert, aber die Voraussetzungen für eine gesunde schulische Entwicklung wurden nicht dadurch verschlechtert, daß Inges Kinder einen ewig langen Fußweg oder eine Radfahrt mit großen Höhenunterschieden hinter sich bringen mußten. Sie wären erschöpft oder verschwitzt oder beides in der Schule angekommen. Oder war Inge zu zimperlich mit ihren Kindern? Irgendwie hatte sie das Bedürfnis, ihnen einiges zu erleichtern, weil sie schon auf den Vater verzichten mußten. War das ein Fehler? Würde sie es heute genauso machen? Inge konnte sich keine klare Antwort geben. Aber es blieb ein Gefühl des Versagens zurück, ein Gefühl der Überforderung, durch das sie womöglich viel mehr falsch gemacht hatte, als sie heute ertragen konnte.

Die Kinder mit dem Auto – wenn sie eines hatten – zur Schule zu fahren, das war immer zusätzliche Hektik, bevor sie selbst zur Arbeit fuhr, und außerdem legte Inge Wert darauf, dass ihre Kinder so unabhängig wie möglich sein konnten.

Inges Kinder hatten lernen müssen, Verantwortung für sich und ihr Leben zu übernehmen. Sie fand, dass ihre Kinder sogar einigen Erwachsenen mittlerweile etliches voraus hatten.

Für Inge brachen mit den Pubertätsphasen ihrer Kinder Zeiten an, in denen sie lernen musste, zurückhaltender mit ihren Gesprächsangeboten zu sein. Kein Pubertierender möchte der Mutter Einblick in alle Gefühlsentwicklungen gewähren. So lernte Inge, den Freiraum ihrer Kinder zu respektieren, Grenzverletzungen inbegriffen. Das tat weh. Auf beiden Seiten. Bei allem merkte Inge nicht, wie sie sich immer mehr über ihre Leistungen als Mutter zu definieren begann.

Ist es möglich, fragte sie sich heute, echte Selbstliebe zu entwickeln, ist es möglich, als Mutter von vier Kindern Eigenleben zu bewahren? Nicht in Form von egomanischem sozialem, kirchlichem Engagement, wie Inge es in früheren Jahren ausgelebt hatte, sondern echtes, gesundes Eigenleben zu haben, das Stabilität bedeuten würde auch dann, wenn die Kinder ihre eigenen Wege gingen. Das hatte Inge wohl irgendwie verpasst …

Inge war ja der Meinung, dass durch Schweigen mehr zerstört werden konnte als durch Reden. Sie suchte immer wieder das Gespräch mit ihren Kindern, um so die inneren Verbindungen lebendig zu halten. Meike, Annika, Gero und Melanie sahen das mit zunehmendem Alter anders. Schließlich kannten sie nicht Inges Schmerz, der mit den Jahren wie ein Schneeball grösser geworden war, bis er – zur Lawine angewachsen – viele lebenswichtige Regungen in ihr begraben und erfroren hatte.

In Inges Kindheit kamen keine Probleme auf den Tisch. Was nicht sein durfte, war auch nicht. Basta. Sie wollte es bei ihren Kindern anders machen. In der Familie, die sie gründen wollte, sollten ihre Kinder ihren Schutzraum finden, in dem sie alle Sorgen und Nöte jederzeit zur Sprache bringen konnten.

Inges Kinder hatten ihren eigenen Schmerz. Den erkannte Inge manchmal nur ansatzweise, manchmal stärker. Als ihre Kinder erwachsen wurden, fühlte Inge sich oft nur noch ohnmächtig. Gespräch war stellenweise einfach nicht erwünscht. Punkt. Es war das Recht ihrer Kinder, es so zu handhaben, ihre Freiheit, die die Mutter zu respektieren hatte.

Drei von den Vieren waren in der Vorpubertät oder mitten drin, als der Vater auszog. Zwölf Jahre war das jetzt her.

Was am meisten schmerzt, das ist die Endgültigkeit, stellte Inge für sich fest. Sich mental auf eine neue Situation vorzubereiten, ist das eine, die Realität, wenn das Neue da ist, ist etwas ganz anderes. Wenn ein Kind die Türe hinter sich schließt, um ins eigene Leben zu gehen, beginnt für die Mutter etwas Schmerzhaftes, Unfassbares. Inge kam jedenfalls noch lange nicht damit klar, dass niemand mehr etwas von ihr wollte, wenn sie nach Hause kam. Keine Pflichten, außer der, für sich selbst zu sorgen. Das fühlte sich an wie Sterben in Raten. Ja, genau so fühlte es sich an.

Emptiness-Syndrom nennt die Psychologie diese innere Leere. Ach, das hilft alles nicht weiter. Das Kind bekommt einen Namen, damit der Verstand den Schmerz einordnen kann, aber es bringt letztlich nichts, auch wenn die Tatsache, dass es ein Syndrom ist, belegt, dass es vielen so ergehen muß wie mir! Inge fühlte Resignation und Zynismus dort, wo sie sich nach Lebensmut und -freude sehnte.

Aber diese Phase müssen doch alle Mütter durchlaufen, genauso wie alle Frauen ihre Kinder auf dieselbe Weise zur Welt bringen müssen. Also würde sie es doch auch schaffen können. Das wäre doch gelacht. Sie musste sich selbst am Schopf packen und aus dem Sumpf herausziehen. Die Frage war nur, wie.

Das Gefühl an sich war ihr nicht fremd. Nur hatte sie damals, als sie es zum ersten Mal bewusst als junge Erwachsene spürte, den Nachteil, dass Gott für sie nur eine tröstende Größe war und jenseits ihrer Alltagsrealität existierte. Das war ja heute anders. Für Inge gehörten spirituelle Erfahrungen mittlerweile längst zum Alltag. Aber: Sie hatte sich irgendwie daran gewöhnt. Vieles war für sie selbstverständlich geworden. War sie spirituell eingeschlafen?

Eigentlich war gar nichts selbstverständlich, befand Inge. Gerade hatte sie eine Bekannte getroffen, mit der sie in früheren Jahren Theater gespielt hatte. Im selben Alter wie Inge, hatte Doris mit 55 einen Schlaganfall gehabt! Sie sah wieder blendend aus, kam frisch aus der Reha-Klinik, als sie sich begegneten, aber Inge war dennoch geschockt. Wir müssen auf uns aufpassen, rief Doris ihr strahlend zu, als sie sich in verschiedene Richtungen verabschiedeten. Nein, es ist überhaupt nicht selbstverständlich, in unserem Alter noch gesund und voll leistungsfähig zu sein. Ein weiterer Schock wartete auf Inge: eine Freundin verunglückte tödlich. Ungefähr selbes Alter, fünf erwachsene Kinder.

Inge hatte das Gefühl, dass in ihrem Leben kein Stein auf dem anderen blieb. Aber was soll's? Wenn der physische Tod auch auf mich zukommt, dann muß ich noch viel mehr loslassen, nämlich alles, was mir in diesem Leben an's Herz gewachsen ist! Was erwarte ich?

Ihre Mutter kam Inge in den Sinn. Sie war vor fünf Jahren gestorben, mit 83 Jahren. Wenn ich so alt werde wie meine Mutter, dann habe ich noch knapp dreißig Jahre vor mir. Was fange ich mit dieser Lebenszeit an? Ich kann doch nicht mit dieser Trauer über die Auflösung der Familie vor mich hindümpeln! Sie sah nur Fetzen vor sich, nichts passte mehr zusammen, alles fiel wieder auseinander. Sie konnte keine Konturen in ihrem Leben mehr erkennen.

Als sie zum ersten Mal das Gefühl hatte, dass ihre Gedanken, ihre Gefühle, ihre Betrachtung des Lebens zerbröselten wie eine Autoscheibe bei einem Crash, entschloß sie sich, mit dem Hausarzt darüber zu reden. Der wiederum schickte sie zu einem Neurologen. Und dieser dann riet ihr, da sie noch keine zwanzig war, mit ihrer Mutter gemeinsam wiederzukommen, um sich ein besseres Bild von Inges Kindheitserlebnissen machen zu können. Inge gehörte zu der Generation, die drei Jahre später als die heutige Jugend eigene Kreditverträge unterschreiben durfte. Volljährig wurde man erst mit 21. Aber immerhin: sie war schon Mutter, war vorzeitig für volljährig erklärt worden, um ihre erste Liebe heiraten zu können.

Das Gespräch mit ihrer Mutter verlief so, wie sie es erwartet hatte. Sie wollte von einem Arztbesuch, bei einem Neurologen, der in Vergangenem herumstochern wollte, nichts wissen. Inge beschloß, sich den Berufsalltag etwas zu erleichtern, indem sie von den Tabletten, die ihr der Nervenarzt verschrieben hatte, tatsächlich morgens eine nahm. Vielleicht half es ihr ja, die innere Fremdheit sich selbst gegenüber und das Gefühl, von allen anderen wie durch eine

Wattewand getrennt zu sein, zu überwinden. Nein, die Tabletten machten alles noch schwerer. Inge fühlte sich so, als würde sie in einer undefinierbaren Flüssigkeit auf dem Rücken schwimmen, ohne ein Ufer erreichen und Halt finden zu können. Dann doch lieber ohne Medikamente. Augen zu und durch!

Inge steckte sich Ziele, und allmählich gewann sie Boden unter den Füßen. Dafür sollten berufliche Ziele sorgen, die ihrem Leben eine gesunde Basis gaben.

Die Trennung von Klaus, ihrer ersten Liebe und dem Vater ihrer ältesten Tochter, die Verantwortung für ihr Kind und einen beruflichen Abschluß, wieder auf das sogenannte Elternhaus angewiesen zu sein, den Kontakt mit den früheren Freundinnen von der Schule aus Scham nicht mehr aufnehmen zu wollen – Inge fühlte sich vom Leben der normalen Menschen ausgegrenzt. Sie liebte ihre kleine süße Meike, dieses überall als Herzöffner auffallende dunkelhaarige und knopfäugige Mäuschen, über das sie so glücklich war, aber genauso unglücklich darüber, dass sie ihm noch kein solides Zuhause bieten konnte.

Inge wollte auf keinen Fall daran zerbrechen, dass es zum Bruch zwischen ihr und Klaus gekommen war. Die Unterschiede zwischen ihnen waren für Inge kaum zu überwinden. Sie war für ihn eine spinnende Intellektuelle, obwohl sie das Gymnasium mit der mittleren Reife abgebrochen hatte, im dritten Monat schwanger. Er war für sie einfach viel zu materiell eingestellt. Sie kam nicht damit klar, daß sich so vieles im Leben um Geld und Besitz drehen sollte. Später dachte sie oft, daß sie von Klaus einiges hätte lernen können …

Das Angebot der Direktorin, nach der Geburt des Kindes die Schule bis zum Abitur beenden zu können, hatte sie dankend abgelehnt. Sie fühlte sich sowieso schon wie eine Geächtete, in dem Wissen, mit einem Mann zu einem Zeitpunkt bereits sexuellen Kontakt gehabt zu haben, als ihre Klassenkameradinnen noch dem ersten Kuß entgegenfieberten. Eigentlich war sie als Kleinste und Naivste in der Klasse, die Letzte, der das hätte passieren dürfen. Immerhin dachte sie weit weniger als ihre Klassenfreundinnen an Jungs. In ihrem Leben gab es existenzielle Probleme. Sie konnte nicht die Tanzschule besuchen wie die meisten anderen. Ihre Mutter konnte ihr das Geld nicht zur Verfügung stellen und schon gar nicht ein Mittelball- oder Schlussball-Kleid finanzieren. Aber genau davon handelten die Pausengespräche. Inge fühlte sich noch sehr, sehr weit vom eigentlichen Leben entfernt. Denn sie konnte bei dem, was sie mit ihren

Klassenkameradinnen verbunden hätte, nicht mithalten. Deren Eltern waren Ärzte, Rechtsanwälte, Lehrer, höhere Polizeibeamte – sie hatte das Gefühl, die einzige zu sein, die aus asozialen Verhältnissen stammte. Sie genierte sich auf jeden Fall, eine Freundin zu sich nach Hause einzuladen, um gemeinsam Hausaufgaben zu machen.

Sie war oft sehr allein, fühlte sich einsam und unverstanden, badete in Selbstmitleid, fühlte sich umgeben von Erwachsenen, die sie nicht sonderlich mochte, abgesehen von einigen wohlgesonnenen Kundinnen. Nach außen zeigte Krollekopp den Clown, mit dem die anderen so gut klarkamen, und hinter dessen flotten, altklugen Sprüchen sie ihre Traurigkeit gut verstecken konnte. Innerlich war sie oft damit beschäftigt, sich auszumalen, wie es wäre, wenn ihr leiblicher Vater zu ihrer Mutter zurückkehren würde. Sie betete jeden Abend vor dem Einschlafen dafür. Dann würde sicher alles richtig gut – Gott müsste nur ihre Gebete erhören.

Viele Jahre später änderte sich ihre Art zu beten. Sie lag Gott nicht mehr mit ihren Anliegen in den Ohren, sondern übte sich darin, Gott zuzuhören, damit er ihr sagen konnte, welcher Weg derjenige war, der im großen Entwicklungsplan dorthin führte, wo sie als Seele hinwollte – zu innerer Freiheit und einem glücklichen Leben…

Sie war noch ein Kind, als sie Klaus begegnete; er stand urplötzlich vor ihr, ein Mann, den sie aus ihren Träumen kannte, und von dem sie glaubte, er würde ihr irgendwann mal begegnen. Es war eines der sehr wenigen Male, dass ihre Mutter mit ihrem Stiefvater gemeinsam in eine Kneipe ging. Inge durfte mitkommen, weil Karnevalszeit war. Sie betrat hinter ihrer Mutter die bis dahin unbekannte gastronomische Welt, und hinter der Theke stand ER! Sie konnte fast nicht mehr atmen, sein Blick, sie fing ihn auf, und er saß, traf sie bis ins Mark.

Dieser junge Mann hinter der Theke war – wie sie hinterher erfuhr – der Sohn der Gaststätten-Inhaber und half seinen Eltern am Zapfhahn. Sie war fünfzehn, er drei Jahre älter, groß, schlank, dunkle, fast schwarze, kurze Haare, klarer Blick – er kam an ihren Tisch, bediente sie und forderte Inge später zum Tanzen auf, obwohl eher ungewöhnlich in einer normalen Kneipe. Aber es war ja Karnevalszeit. There is a Rose in Spanish Harlem, sang Cliff Richards.

Ihm war es ähnlich ergangen wie ihr, erzählte er ihr später. Klaus mochte Inges

Natürlichkeit, ihre kurz geschnittenen eigenwilligen Locken, die sich bei Regenwetter noch stärker kringelten, was sie noch jünger aussehen ließ. Er mochte sie, auch wenn sie nur etwas größer als 1,60 war, und obwohl sie ja irgendwie noch sehr naiv war und überhaupt keine Ahnung hatte, wie das zwischen Mann und Frau funktionierte. Das würde er ihr schon erklären, versprach er ihr liebevoll. Nach sechs Wochen, die sie sich kannten und in denen sie einige Nachmittage miteinander verbracht hatten, tauschten sie ihren ersten Kuß aus, im Kino. Es war so aufregend, dass Inge Sorge hatte, Klaus würde an ihren roten Backen sehen, wie sehr sie aus der Fassung war. Eine vollkommen neue Welt eröffnete sich ihr, sie hatte sich verliebt, nein, mehr noch, sie hatte einen Anker ausgeworfen, von dem sie sich Rettung aus der Desolation erhoffte. Bevor Klaus zur Bundeswehr eingezogen wurde, die ihn weit weg an die Nordseeküste schickte, passierte es. Doch, was sich zunächst wie eine Familientragödie anfühlte, entwickelte sich für sie als wunderschöne Zeit, geprägt von der Vorfreude auf ihr Kind, von dem Mann, den sie liebte – was konnte es Schöneres geben? Alles andere würde sich fügen …

Ja, es fügte sich alles, wenn auch anders, als sie es sich gewünscht hätte.
Nach der Trennung von Klaus – sie war 17 – zog sie wieder zu ihrer Mutter (und dem Stiefvater). Gegenüber vom Geschäft ihrer Mutter wurde ein möbliertes, hässliches, verwohntes Zimmer frei. Dort übernachtete Inge mit ihrer Kleinen, um sie morgens zu ihrer Mutter zu bringen. Inges Mutter hatte sich bereit erklärt, Meike zu versorgen, während Inge eine Anlernzeit in einer großen Firma als Stenokontoristin machte. Inge freute sich auf die neue, geordnete Welt.

Für ein paar Monate hatte sie in einer Schokoladenfabrik gearbeitet, um das Geld für den Schreibmaschinenkurs zu verdienen. Dann ergab sich diese Chance beim Werkzeugmaschinenhandel. Eigenes Geld verdienen mit Arbeit, die ihr sicher Spaß machen würde. Sie würde es schaffen!

Wenn sie eine berufliche Basis gefunden hatte und Meike im Kindergartenalter war, dann konnte sie ja vielleicht ihr Abitur nachholen und für den Lehrberuf studieren. Vormittags Schule und nachmittags Zeit für ihre Tochter haben, zu Hause und für Meike da sein – das war ein Ziel, das Energie freisetzte. Aber zunächst galt, sich aus dem desolaten Sumpf zu befreien …

Tatsächlich schaffte Inge es, sich beruflich zu etablieren. Wenn sie das Gefühl hatte, dort, wo sie war, zu stagnieren, guckte sie sich eine neue Herausforderung aus. Ihr ging es weniger um Schritte auf der Karriereleiter, als vielmehr um neue Erfahrungen. Sie war ja noch so jung und hatte viel zu lernen! Eine Freundin attestierte ihr einen Bildungskomplex, der sie weitertrieb. Inge selbst glaubte, dass sie ihrem Vater ähnelte, der in einem Brief davon gesprochen hatte, dass er grundsätzlich auf's Leben neugierig sei, und dass man nichts vergeblich lerne.

Inge empfand sich als sehr neugierig auf das vor ihr liegende Leben. Sie wollte ihrer Tochter Antworten geben können, wenn sie zu fragen begann. Oder war sie etwa auf der Flucht vor ihrer Vergangenheit? Inge streckte sich nach dem aus, was vor ihr lag. Und wenn es eine Flucht nach vorne war – sie würde später näher hinschauen. Aufgeschoben ist nicht aufgehoben.

Mit Inges Kindern waren auch echte Freunde gegangen. Freunde, die immer in ihrer Nähe gewesen waren. Seit Hans gegangen war, hatten sie intensiver zusammenwachsen müssen, um den Alltag zu meistern. Je älter Annika, Gero und Melanie wurden, umso mehr hatten die Beziehungen in ihrem Viererteam freundschaftliche Züge angenommen.

Meike war ja bei ihrem Partner dort geblieben, wo sie alle zusammen knapp zehn Jahre familiären Glücks verlebt hatten. Sie hatte inzwischen geheiratet und zwei Töchter bekommen. Inge bedauerte sehr, daß sie durch ihre Alleinerziehungssituation weit weniger Zeit gehabt hatte, um ihre Älteste zu besuchen oder ihr das eine oder andere Mal zur Hand zu gehen, einfach, als Mutter für sie da zu sein, wenn sie sie gebraucht hätte. Inge war einfach mit ihrem beruflichen und mütterlichen Alltag vollauf beschäftigt, und es blieb nicht sehr viel Zeit, darüber traurig zu sein. Wenn Gedanken des Bedauerns aufstiegen, tröstete Inge sich mit der Hoffnung auf die Zeit, wenn die drei anderen erwachsen wären. Überhaupt verschob sie einiges auf die Phase, wenn die Erziehungsarbeit geschafft sein würde. Dann könnte sie all' die Dinge in Angriff nehmen, für die sie bis dato nicht viel oder gar keine Zeit hatte...

Das war etwas, das sie ihrem Mann, von dem sie inzwischen längst geschieden war, immer wieder übel nahm. Daß er ihr zugemutet hatte, mit weniger Zeit, weniger Geld und weniger Nerven einen Vier-Personen-Haushalt aufrechtzuerhalten, ihn mit spärlichem Unterhalt für die Kinder (umsomehr, als er wirklich recht gut in der Schweiz verdiente) zu finanzieren und sie indirekt gezwungen hatte, auf vieles zu verzichten, auf einen Teil ihres Eigenlebens und auf finanzielle Spielräume, um den Kindern und sich mal einen Extrawunsch erfüllen zu können.

Wenn sie einen zusätzlichen Verdienst nach Hause brachte, lud Inge oft spontan ihre Zwerge zu einer Pizza oder ins Kino ein. Je unverhoffter sich solche Situationen ergaben, desto mehr wurden sie zelebriert. Auch wenn eine oder mehrere unbezahlte Rechnungen auf Begleichung warteten – ihr Leben fand heute statt, und wenn sie das Gefühl hatte, sie bräuchten eine gemeinsame freudvolle Erfahrung, dann fiel ihr die Entscheidung leicht. Zuerst kamen die Menschen, dann die Dinge…

Seit Annika an ihren 600 Kilometer entfernten Studienort gezogen war, war nichts mehr, wie es war. Es ging alles so schnell. Zwar hatte Inge sich mental auf die Situation vorbereitet, aber das linderte nicht ihren Schmerz, höchstens machte es sie fähig, Annika das Gefühl mütterlicher Umklammerung zu ersparen.

Der nächste, der das Nest verließ, war Gero. Für ihn als einzigen Jungen war es oft schwierig, seine männliche Position zu finden, zumal der Vater als Sparringspartner nicht oder nur sporadisch zur Verfügung stand. Hans wohnte ungefähr eine knappe Autostunde entfernt, und so gab es regelmäßige Besuche, die – so fand Inge – besonders für Gero sehr wichtig waren.

Als ihr einziger Sohn, ihr Lieblingssohn, wie sie ihn oft nannte, nach dem Zivildienst ins Ausland ging, war auch das ein Schmerz, den sie sich so nicht hatte vorstellen können. Was hätte ihre Großmutter sagen sollen? Die hatte sechs Töchter und zwei Söhne, und beide Söhne hatte der Krieg behalten. Wie muß ihr zumute gewesen sein, als sie sich von ihnen verabschieden musste, ohne zu wissen, ob sie ihre Söhne jemals wiedersehen würde?

Gero kam aus dem Ausland zurück, um an einen Studienort zu ziehen, der nicht weniger als tausend Kilometer entfernt war. Mußte das denn alles sein? Wollten ihre Kinder sich aus der inneren Enge der Familie mit vielen Kilometern Entfernung befreien? Melanie, die Jüngste, zog es sehr bald über den großen Teich, immer wieder, in regelmäßigen Abständen. Wenn sie nach Deutschland kam, wurde Inge jedes Mal von der Illusion eingeholt, die familiäre Gemeinschaft sei auch über große Entfernungen kein Problem.

Wenn sie wieder alleine in ihren vier Wänden war, in denen alles an die gemeinsame Zeit erinnerte und das Lachen vergangener Jahre aus zeitlicher Ferne zu hören war, hielt Inge es oft nicht aus, schwang sich auf ihr Fahrrad und suchte das Weite. Nach Hause zu kommen, war anschließend nur dadurch erträglich, dass sie erschöpft unter die Dusche sprang und sich abends mit Freunden traf.

Solche Aktionen änderten aber nichts an der Tatsache, dass sie sich wie in einem Familienmuseum fühlte, in das das ehemalige Leben nie mehr zurückkehren könnte. Sie fühlte sich elend in diesem Bewusstsein und erkannte, dass sie für sich neuen Wohnraum suchen musste.

Was Inges Einsamkeit in den vergangenen Jahren, seit auch Melanie in die Welt hinausgegangen war, verstärkt hatte, war die Tatsache, dass Zwischenmenschliches am Arbeitsplatz nur sehr wenig Raum hatte. Es lag nicht im Interesse der Geschäftsleitung, und ebenso wenig Bedürfnis nach angenehmem Einvernehmen hatte die rechte Hand des Chefs, eine Frau Anfang 40, der es mehr um Macht ging als um Loyalität und Solidarität mit den Kolleginnen. In diesem Klima des Sich-Abgrenzens musste Inge viel Energie aufwenden, um durchzuhalten. In ihrem Alter fand sie nicht so leicht eine neue Arbeit, die zu ihren Begabungen und Fähigkeiten passte und die ihr Freude machte, sowohl fachlich als auch vom Menschlichen her. Davon war sie überzeugt.

Aber sie mußte sich eingestehen, daß ihr die Arbeit keine Freude machte, auch wenn vieles von dem, womit sie tagsüber beschäftigt war, mit Freude von der Hand ging. Für Inge war sehr wichtig, daß sie sich menschlich wohl fühlen konnte. Die Erfolgserlebnisse über geschaffte Arbeit bedeuteten ihr nicht mehr so viel wie früher. Sie war nicht nur in ihrer Freizeit allein, sie fühlte sich am Arbeitsplatz noch viel einsamer.

Inge erkannte, dass ihr Körper ihr klar signalisierte, daß sie ihre Grenzen zu weit überschritt. Inge bekam Magengeschwüre, hatte eine Darmentzündung, und immer wieder machte ihr Magen Probleme, auch, als die Geschwüre abgeheilt waren. An vielen Abenden weinte sie sich in den Schlaf…

Inge hatte sich oft überlegt, mit welchen Problemen ihre Kinder später, wenn sie in die Midlife Crisis kämen, beim Therapeuten auf der Couch liegen würden.

Das stand im Widerspruch zu dem, was sie sich für ihre Kinder wünschte. Aber sie konnte sich kaum vorstellen, daß ihre Kinder die Scheidung der Eltern und die Erziehungsfehler, die sie als Alleinerziehende gemacht hatte, unbeschadet überstanden hätten.

Inge hatte einmal geglaubt, mehrere Geschwister zu haben, sei ein Garant für intakte seelische Entwicklung. Schließlich war sie als Einzelkind aufgewachsen und war der Meinung, die Einzelkindsituation sei der Nährboden schlechthin für Neurotiker.

Inge wollte, wenn eben möglich, sechs Kinder haben, um volles Haus mit lebendigem Chaos erleben zu können, es zu geniessen und ihren Kindern die Möglichkeit zu bieten zu können, im Miteinander vieles von dem zu lernen, was sie sich selbst hatte beibringen müssen und immer noch musste. Wenn sie eine Lektion nicht annehmen wollte – so wusste sie mittlerweile – dann sorgte das Leben per Schmerz für die anstehenden Erkenntnisse. Wie hatten ihre ostfriesischen Verwandten immer gesagt, wenn sie übermütig Mahnungen in den Wind geschlagen hatte: Wer nicht hören will, muß fühlen.

Gutes Beispiel dafür war die Tatsache, daß Inge sich wiederholt an dem Punkt wiederfand, vollkommen ausgepowert zu sein. Während Kolleginnen sich den Luxus erlaubten, pünktlich nach Hause zu gehen, brachte sie es nicht fertig, den Bleistift fallen zu lassen, bevor sie nicht noch dieses oder jenes erledigt hatte. Immerhin war sie diejenige, die vom Chef in die Verantwortung genommen wurde. Es konnte kein Zufall sein, daß die Vorgesetzten, an die sie geriet, ähnliche Verhaltensmuster hatten…

Inge litt unter ihrem Alleinsein, sie litt unter sich selbst. Ihre älteste Tochter lebte 600 Kilometer entfernt mit Mann und zwei Töchtern, Annika studierte und arbeitete im fernen Köln, brauchte Abstand von der Mutter, wie sie in wenigen Telefonaten mit verlässlich-verletzenden Sätzen klargemacht hatte, und die beiden Jüngsten galoppierten wie junge Fohlen auf ihre Ziele zu, inspiriert von den vielen Möglichkeiten, die ihnen das Leben anbot. Gut so. Inge hatte sich zu einem ihrer wichtigsten Ziele gemacht, das Potential in ihren Kindern zu fördern. Das hatte sie sehr ernst genommen. So hatte sie sich bemüht zu vermeiden, ihren Kindern ihre Wünsche für sie aufzudiktieren. Sie hatte sie vielmehr immer ermutigt, für sich das herauszufinden, wohin ihre inneren Impulse sie führten. Das war Inge offensichtlich gelungen. Denn allen vieren war ein hohes Mass an Eigenverantwortlichkeit gemeinsam, das ihnen dabei half, finanzielle Ressourcen zu erschliessen und sich Träume zu erfüllen, ebenso wie Klarheit zu finden, wenn es um berufliche Orientierung ging. Fast beneidete Inge ihre Kinder um diese Fähigkeiten.

Ihr selbst gelang es bei weitem nicht, eine klare Richtung zu finden. Sie hatte sich so viele Jahre den wirtschaftlichen und familiären Bedürfnissen angepaßt, daß sie in einen bis dahin nur geahnten Abgrund fiel, nachdem das Geländer fehlte, an dem sie sich entlanggehangelt hatte.

Die Jahre des Allein-Erziehens waren vielleicht die intensivste Ablenkung von sich selbst, eine willkommene Möglichkeit, sich dahinter zu verstecken, um nicht bei sich selbst ankommen zu müssen – eine wenig schmeichelhafte Erkenntnis, wie Inge fand.

Krause Haare, krauser Sinn, steckt der Düwel mittendrin. Damit war sie als Kind oft ruhiggestellt worden. Was sollte sie dem auch entgegnen? Sie war halt mit ziemlich viel Temperament auf dieser Welt angetreten, die Kleine mit den Locken, die genauso schwer zu bändigen waren wie die Kleine selbst.

Oft hatte Inge sich bemüht, sich ein Beispiel an den ruhigeren menschlichen Exemplaren ihrer Kindheit zu orientieren. Das gelang wirklich nur für kurze Zeit. Wenn sie bemerkte, daß sie jemand anderen durch ihre vorschnelle Art gebremst oder überrannt hatte, beschämte sie das sehr, und sie versuchte anschließend im Gegenzug, die Ruhigeren in ihrem Umfeld aus der Reserve zu locken. Dieses Bedürfnis war ihr geblieben. Vielleicht hatte sich auch in ihrer Kindheit durch die Erfahrungen mit ihrem eigenen Temperament der Wunsch ausgeprägt, die Menschen um sich herum darin zu unterstützen, ihre Stärken hervorzukramen und weiterzuentwickeln. Konnte sie jetzt dasselbe für sich selbst zustandebringen?

Mit Wehmut dachte Inge bei solchen Gedanken oft an ihre Grossmutter. Bei ihr hatte Krollekopp längst nicht so viele Steine im Brett wie bei Tante Friederike und Tante Auguste. Zu sehr erinnerte der gelockte temperamentvolle Tausendsassa wohl an den Vater. Aber die Oma hatte wohl auch ein Problem damit, daß Inge, wo sie auch auftauchte, wie ein Wirbelwind auf sich aufmerksam machte. Vielleicht – so überlegte Inge später – holte sie sich unbewußt bei anderen Menschen die Anerkennung, die ihr durch ihre Mutter und durch den Vater sowieso versagt blieb.

Inges Vater hatte ihre Mutter drei Jahre nach ihrer Geburt verlassen und war zu einer anderen Frau in eine versnobte Grosstadt gezogen. Er wurde von der Familie letztlich dafür verantwortlich gemacht, dass die Verlassene, Inges Mutter, sich in einen Alkoholiker verguckte, nur, um nicht mit ihrem Kind alleine sein zu müssen.

Der Kontakt zu ihren Eltern riss für Inges Mutter mit der Entscheidung für den unwürdigen Schwiegersohn ab, mit dem sie zudem auch noch einige Jahre in wilder Ehe gelebt hatte.

Erst als Inge ihre erste Tochter zur Welt gebracht hatte und allmählich von Zusammenhängen und tragischen Verflechtungen zwischen Müttern und Töchtern zu ahnen begann, gewann Inge Verständnis für das Verhalten ihrer Mutter und ihrer Großmutter. Heute noch war sie sich selbst dankbar dafür, daß sie seinerzeit ihrer Mutter zugeredet hatte, beim 80sten Geburtstag der eigenen Mutter mit Inge gemeinsam einen wichtigen Schritt auf die Jubilarin zuzugehen.

Tief im Innern war Inge davon überzeugt, dass alle Handlungen des Menschen auf ihn selbst zurückfallen würden. Und das ist so, auch wenn wir es negieren, war sie überzeugt. Wir verneinen es höchstens deshalb, weil wir nicht genau genug hinschauen, die Zeiträume und Zusammenhänge, die wir betrachten, nicht weit genug fassen. Für Inge intensivierten sich diese Erkenntnisse im Laufe ihrer Jahre, und sie gewann die Überzeugung, daß Gott sehr gerecht sei. Obwohl Inge sich vom Leben stellenweise sehr ungerecht behandelt fühlte dadurch, daß sie mit der Erziehung ihrer Kinder alleingelassen wurde, so gewann dennoch ihre Überzeugung die Oberhand, daß jeder Mensch mit seinem ganz eigenen karmischen Gepäck hier auf der Welt unterwegs ist, und daß in der Bilanz des Lebens alles ausgeglichen ist.

Beobachtungen und viele Erlebnisse, aber auch vieles, das sie in der Literatur fand, bestätigten ihr diese Sicht, und zwar schon in jungen Jahren. Inge wollte ihrer Mutter und sich selbst damals ersparen, dass sie in hohem Alter keinen Kontakt mehr miteinander pflegten, weil Gram und Zorn einen nicht mehr überwindbaren Graben zwischen den mütterlichen Generationen gezogen haben würden.

Mehrere Jahre hielt sich der kleine Krollekopp an sein ganz persönliches Einschlaf-Ritual, um seinem Leben ein Minimum an Stabilität zu geben. Inge betete regelmäßig vor dem Einschlafen und flehte Gott inbrünstig, er möge ihre Eltern wieder zusammenführen.

Später passte sie ihr Abendgebet der veränderten Lebenssituation an. Ihre Mutter hatte sich ja entschlossen, den bis dahin noch Leicht-Alkoholiker zu ehelichen. Er war zunächst arbeitsunfähig und wurde mit dem Stellen seines Rentenantrags auf Erwerbsunfähigkeit immer mehr zum Vollalkoholiker. Inges Mutter war vollauf damit beschäftigt, den Lebensmittelladen, den sie von den Großtanten übernommen hatte, zu führen und konnte immer weniger auf die Mithilfe ihres Ehemannes rechnen. Dieser Ehemann hatte einen Herzklappenfehler und darüber so oft vor Kunden doziert, um seinen Mangel an Mithilfe zu rechtfertigen, dass Inge zu einer Expertin geworden war in Sachen Herzfunktionen und damals fehlender Operationsmöglichkeiten.

Wenn der Stiefvater Alkohol zu sich nahm, entspannte sich sein Brustkorb, das Herz funktionierte ruhiger, und er fühlte sich wohler. So stellte er seine Situation wieder und wieder dar. Deshalb begleitete Inge ihre Mutter abends zum Großhandel, sortierte mit ihr anschließend die gekaufte Ware in die Regale und genoß die Zeit des ruhigen gemeinsamen Tuns. Natürlich war Inges Mutter in diesen Zeiten nie besonders gut gelaunt, wissend, dass ihre gesundheitlich schwächere Hälfte an der Theke etliches von dem Geld, das sie tagsüber eingenommen hatte, für Bier und vielleicht sogar Lokalrunden ausgab.

Viel Widersprüchliches fand die kleine Inge im Verhalten der Erwachsenen, die ihr Leben prägten. Menschen, die in die Kirche gingen, wollten trotzdem nicht über Gott sprechen; das war auch bei ihrer Mutter so, ganz zu schweigen von ihrem Stiefvater. Inge hatte aber das Bedürfnis, mit Gott ins Gespräch zu kommen, und betete in stillen Minuten spontan drauflos. Sie war mit ihrem ganzen Sein davon überzeugt, dass Gott existierte. Meist wurde ein inständiges Betteln aus ihren Gebeten. Ihre Lebensumstände empfand sie als so unerträglich, dass sie nur Gott von ihrem Kummer erzählen konnte. Ihre Freundinnen wollte sie behalten. Und das, was sie bei kurzen Besuchen mitbekamen, das reichte manchmal aus, um Inge stillschweigend die Freundschaft aufzukündigen. Für die eine oder andere Mutter einer ihrer Freundinnen war sie nicht der richtige Umgang. Das spürte sie. Nicht, weil sie kein nettes Mädchen gewesen wäre. Nein, daran lag es nicht. Sie spürte bei Monikas Mutter sogar, dass sie ihr sehr viel Wertschätzung entgegenbrachte. Sie holte Monika jeden Morgen auf dem Weg zur Grundschule ab.

Monika hatte dicke braune Zöpfe und war mindestens einen Kopf grösser als der etwas gedrungene Lockenkopf, dessen Haar besonders bei Regenwetter kaum zu bändigen war. Eine Spange zwängte wenigstens die Stirnlocken nach hinten. Wenn Inge anklingelte und langsam in die Wohnung stapfte, war Monika noch längst nicht fertig mit ihrem Frühstück. Sie nahm im Stehen noch einen Schluck heissen Muckefuck, mit Mahnungen ihrer Mutter aufbereitet. Immerhin, Monikas Mutter war sehr fürsorglich, und Inge genoss den Anblick, verspürte gleichzeitig einen leichten Schmerz. Ihre Mutter war so sehr mit ihrer Wut über den nachts betrunken nach Hause gekommenen Ehemann und den Vorbereitungen für die Ladenöffnung beschäftigt, dass das Frühstück immer irgendwie nebenher stattfand.

Überhaupt lief Inge nebenher. So fühlte es sich für sie an. Zwar hörte sie ihre Mutter des öfteren sagen, dass sie ihr Ein und Alles sei, aber das galt wohl dann, wenn ihre Mutter dankbar war, sich hinter ihr verstecken zu können. Oft war sie damit überfordert, wenn der Ehemann betrunken nach Hause kam. Sie konnte ihre Wut und Enttäuschung oft nicht unter Kontrolle halten und beschimpfte ihn mit Worten, die Inge lieber nicht gekannt hätte. Seine Reaktionen waren entsprechend. Die schlimmste Situation war für Inge, als ihr Stiefvater ihrer Mutter wütend hinterherlief, bis in den Laden, in dem gerade – gottlob – keine Kunden waren. Er hatte ein Messer in der Hand. Da wusste Inge, dass ihre Mutter sie wirklich brauchte.

Inge entdeckte einen Anflug von Mitleid in den Augen von Monikas Mutter, wenn sie sich nach ihrem Frühstück erkundigte. Und eines spürte sie deutlich: Monikas Mutter wollte auf keinen Fall, dass Monika Inge zu Hause besuchte. Monikas Mutter kaufte schon längere Zeit nichts mehr bei Inges Mutter ein, und die beiden Freundinnen trafen sich nur noch auf neutralem Boden. So jung Inge auch noch war, als sie mit Monika die Schulbank drückte – sie fragte sich oft, ob die Erwachsenen um sie herum wohl ahnten, was sie wahrnahm. Warum hielten die grossen Leute sie für so dumm, nur weil sie noch ein Kind war? Inge spürte Dinge, die sie eigentlich gar nicht wahrnehmen wollte, um den Erwachsenen vertrauen zu können. Denn das wollte sie. Die aber sprachen von etwas, versprachen etwas, um anschließend das Gegenteil zu tun und Versprechen zu brechen.

Einmal hörte Inge, wie sich ihre Mutter mit einer Kundin unterhielt. Sie erzählte offen von ihrem trinkenden Ehemann – was natürlich nicht nur in der näheren Nachbarschaft bekannt war. Nur meinte Inges Mutter wohl, der Wirt, bei dem ihr Mann sein Geld liess, hätte Schweigepflicht wie ein Arzt. Als Inge ihre Mutter später auf das Thema ansprach, wollte sie nichts in dieser Richtung gesagt haben. Dabei hätte Inge so gerne mit ihrer Mutter offen über einiges geredet. Sie hatten doch gemeinsam die Probleme, nicht schlafen zu können, bis er endlich nach Hause kam. Wenn er heimkam, war es schließlich für beide mit dem Schlaf vorbei. Er redete im Sessel, mit brennender Zigarette, noch lange vor sich hin. Inges Mutter stand mehrmals auf, um nach der Zigarette zu schauen. Dann wurde er wütend, weil er sich bevormundet fühlte. Ein sich ständig wiederholendes Spiel.

Vor der hohen Theke mit Glasaufsatz stand die hochgeschossene Kundin, die sich ihrer Königin-Position sehr bewusst war. Bei Inges Mutter war der Kunde wirklich König. Alle Kunden, meist Kundinnen, wurden sehr gut behandelt. Zu gut, wie Inge fand. Die angetrockneten Scheiben Käse und die nicht mehr so ansehnliche Wurst landeten auf dem hauseigenen Frühstückstisch. Inges Mutter war stolz darauf, dass nur Butter auf den Tisch kam. Schließlich wusste sie, dass die meisten Nachbarn Margarine aßen. Inge stellte sich aber vor, dass es bei den Kunden daheim am Essenstisch appetitlicher aussah. Sie bat Gott in ihren Gebeten um einen Ausweg, immer wieder, immer wieder. Schon allein, um nicht mehr diese Tischgemeinschaft, besonders beim Abendessen, haben zu müssen – der Stiefvater, der ohne Bier im Magen recht übelgelaunt war, und die nach seinen Augen schauende Mutter, sich krampfhaft um friedvolle Atmosphäre bemühend. Er sollte nicht schon wieder einen Grund haben, seine Schuhe anzuziehen und mit anbrechender Dunkelheit das Haus in Richtung Kneipe zu verlassen. Er fand immer einen Grund.

Es gab Zeiten, in denen Inge es schaffte, nach dem Spielen mit einer ihrer Freundinnen bei deren Familie am Abendbrottisch zu landen. Sie schmuggelte sich einfach mit den anderen ein, zum Beispiel bei Familie Ramburger; fünf Kinder saßen am Tisch. Das war wie Weihnachten oder besser noch. Grosse Mengen Brot standen auf dem Tisch, Elvira, mit der Inge gerne spielte, war Margarine gewohnt. Manchmal saß Inge nur mit am Tisch und beobachtete das bunte Treiben. Sie mümmelte an einem Margarine-Brot mit Zucker vor sich hin und war einfach nur glücklich. Der Vater war ein grosser schlanker Anstreichermeister, der immer einen Scherz auf Lager hatte. Die Mutter war eine kleine pummelige Frau, mit einem interessanten Knoten hoch oben auf dem Kopf, der sie größer wirken ließ.

Inge war dort gern gesehen. Pudelwohl fühlte sie sich in dieser Riesenfamilie mit dem grossen Tisch. Vor allem wurde hier über alles Mögliche geredet und gescherzt. Sie konnte sich als Fremdling einfach mit ihren Fragen einbringen und wurde genauso ernst genommen wie die Kinder der Familie. Und: sie konnte sogar die anderen zum Lachen bringen. Das war für sie eine wunderbare Erfahrung. Sie schnitt Fratzen und gab Witze weiter, die sie im Geschäft gehört hatte. Manche waren darunter, die gar nicht für Inges Ohren bestimmt waren. Aber es lachten alle, und das fand sie prima. Inge fühlte sich rundum gestärkt und voller Lebenslust, wenn sie die Türe hinter sich schloss, um nach Hause zu gehen, meist mit einiger Verspätung, wie sie dann mit Schrecken feststellte. Denn die Laternen brannten schon länger, und das war keine gute Voraussetzung für einen friedlichen Abend daheim. Sie mochte Familie Ramburger sehr. Umso empörter war Inge, wenn ihre Mutter sich abfällig über sie äusserte. Das war wohl ihre Art, den Schmerz über das einsame Abendessen zu überwinden. So kam es Inge in den Sinn, wenn sie die Schimpfkaskaden ihrer Mutter hinter sich hatte. Dann konnte sie mit ihr fühlen und setzte alles daran, um ihre Mutter wieder umarmen zu können. Sie spürte, dass ihre Mutter sehr unglücklich war und sich hatte Luft machen müssen.

Vieles fühlte sich für Inge nach Trostlosigkeit an. Sie konnte noch nicht einmal mehr weinen. Sie wusste, dass sie die Zähne zusammenbeissen musste. Irgendwann würde sie all dem entkommen, allem entwachsen und erwachsen sein. Darauf freute sie sich. Immerhin gab es ihre Grosstanten, bei denen sie zwischendurch Zuflucht nahm. Sie machten ihrem Namen alle Ehre. Sie waren beides hochgewachsene, warmherzige ostfriesische Frauen. Tante Friederike und Tante Auguste, die quasi in der Summe Grossmutter-Funktion übernahmen, gaben Inge sehr viel Liebe, oft in Form von Obst. Inge freute sich, wenn sie wieder und wieder um einen Apfel bitten durfte. Besonders liebte der kleine Wirbelwind die Sternrinetten der Adventszeit. Bevor sie ihren Apfel essen durfte, wurde er an der großen Schürze von Tante Auguste abgerieben. Inge hatte keine

Zeit, so lange zu warten, bis der Apfel gewaschen war. Draußen sollte es mit Verstecken-Spielen weitergehen. Die Jungs warteten. Seltener warteten Mädchen mit ihren Puppen draußen.

Inge fühlte sich am wohlsten draussen auf den Altstadtstraßen, die sie kannte wie ihre Westentasche. An der frischen Luft spürte sie die Enge ihres Lebens weniger als sonst. Sie konnte ihre sie ständig begleitende Trauer sogar meistens vergessen, so lange, bis die Laternen angingen. Dann musste sie im Laden stehen, an den die kleine Wohnung angrenzte. Wenn sie den Zeitpunkt verpasste, rief Inges Mutter laut nach ihr, bevor sie den Laden schloß. Das war zwar üblich, und alle Mütter riefen nach ihren Kindern, aber Inge war es immer sehr peinlich, wenn sie ihren Namen auf diese Weise in die Straßen geschrien hörte.

Inges Mutter hatte das Lebensmittelgeschäft von den Großtanten übernommen.

Tante Auguste hatte von einem Strassenbahnunfall während des zweiten Weltkrieges eine Beinbehinderung zurückbehalten, und Tante Friederike, die Schwester, noch ledig, wenn auch verlobt, löste die Verbindung zum Partner und lebte fortan mit ihrer Schwester, um sie mit ihrer Behinderung nicht alleine zu lassen.

Je älter Inge wurde, desto mehr staunte sie über diese Tatsache – dass die Tanten eine solche Geschichte verband. Wenn sie nachfühlte, wie sie in ihrer Kindheit das Zusammensein mit den Grosstanten erlebt hatte, dann spürte sie stets liebevolle Zuneigung und deren Bereitschaft, füreinander da zu sein und sich gemeinsam um den kleinen Krollekopp zu kümmern, wenn die Nichte arbeiten mußte.

Als Tante Auguste krank wurde, hielt Tante Friederike, die um drei Jahre jüngere Schwester, den dunklen Lockenkopf an, sich nützlich zu machen. Inge scherzte mit Tante Auguste herum, bevor sie endlich Bereitschaft signalisierte, Teewasser aufzusetzen. Sie erreichte mühelos den Wasserkessel, konnte ihn am Spülbecken füllen und auf die Gasflamme setzen. Alle Tee-Utensilien fand sie im Schrank. Sie hatte oft genug zugeschaut, wie die Tanten in ostfriesischer Manier ihr Tee-Ritual zelebrierten. Das Wasser musste sprudeln, und die Kanne durfte niemals, nein, niemals mit Spülmittel ausgewaschen werden.

Mit dem Gasherd kam Inge gut zurecht. Einmal hatte sie allerdings Lehrgeld zahlen müssen. Da hatte sie eine Freundin zu Besuch, die beiden Tanten waren im Laden vorne mit Kunden beschäftigt, und Inge hatte den Backofen angezündet, um Brötchen aufzubacken. Da sich die beiden Fünfjährigen ins Spielen vertieften – Puppen an- und ausziehen war angesagt –, vergassen sie die Brötchen. Die machten dann weniger durch appetitanregenden Backduft auf sich aufmerksam als durch Röhren, die durch die gute Stube flogen. Sie hatten die Stichflamme nicht richtig gezündet oder sie wieder ausgehen lassen, und das damals giftige Gas strömte in den Backofen und brachte den Herd zum Explodieren. Was dann los war, hielt sich in Grenzen. Keine Gardinenpredigt!

Wenn Inges Mutter zu Hause gewesen wäre, hätte es Ohrfeigen gesetzt. Die Tanten aber rissen lediglich die Fenster auf, in Sorge, jemand könnte gesundheitlich Schaden nehmen. Die Ermahnungen waren knapp, aber saßen, und die Lektion wurde gelernt. Was blieb, waren wirklich angenehme Erinnerungen, die sich mit zunehmendem Alter Inges zudem immer mehr vergoldeten.

Ja, Inge dachte sehr gerne an die Großtanten. Sie hatte nur Angenommensein-Erinnerungen an die Tanten. Welcher Segen! Wie kostbar waren diese Erinnerungen! Tante Friederike und Tante Auguste waren sehr religiöse Menschen, aber – im Gegensatz zum Rest der Familie – auf eine Weise, die auch ihr als kleinem Mädchen Geborgenheit vermittelte. Sie spürte bei den Grosstanten eine Kraft, die die Ereignisse in einen größeren Zusammenhang zu stellen vermochte. Wenn sie mit Tante Friederike in die Kirche gehen musste – sie ging wirklich nicht immer gerne, aber sonntags gab es keine Ausrede –, liess sie sich zwar meist unwillig in Tantes grosse Hand fallen und sich mehr schleppen, als daß sie selbst lief, aber wenn sie den grossen kühlen Kirchenraum betraten, spürte Inge die tiefe Andacht, mit der ihre Grosstante ihre Anliegen an Gott übergab. Gab es diesen Gott? Inge meinte, ja, denn in der Kirche fühlte auch sie sich anders, so, als würde sich etwas sehr Wichtiges in ihr weiten und viel Druck von ihr genommen werden. Inge konnte durchatmen, schöpfte jedes Mal Mut und fühlte sich immer ein gutes Stück weit gestärkt, auch schon vor der Erstkommunion. Als Inge an der Eucharistie teilnehmen durfte, intensivierte sich dieses Empfinden so sehr, dass sie mit dem Gedanken spielte, später vielleicht ins Kloster zu gehen. Nur über die Wollstrümpfe, die sicher fürchterlich auf der Haut kratzten, müsste man noch reden …

Auf das Fest der Erstkommunion freuten sich Inge und ihre Schulkameradinnen natürlich wie verrückt. Die Pausengespräche drehten sich um das weiße Kleid, die passenden Schuhe und die vielen Kleinigkeiten, die den Tag festlich machten, das Kränzchen, das Täschchen – die Vorfreude war einfach herrlich.

Tante Auguste, die wegen ihrer Behinderung selten mit in die Kirche kam, aber zu Hause oft still und viel betete, freute sich auch sehr auf Inges bevorstehendes Fest. Das hatte sie ihr oft versichert, und Inge spürte, dass es für Tante Auguste kein Angst-Ereignis wie für ihre Mutter war. Tante Auguste ging es um das, was dann mit Inge geschehen würde, im Sinne der Kirche. Inges Mutter machte sich Gedanken darüber, wieviel Geld die Feier kosten würde, ob alles ohne Eklat verlaufen würde. Sie wusste um die Unberechenbarkeit ihres labilen Partners, vor allem, wenn es um feierliche Anlässe ging. Weihnachten, Ostern, Pfingsten, Geburtstage – das waren immer mittlere bis größere Katastrophen.

Inges Mutter spürte vor allem auch, dass sie selbst wieder mit Gefühlen in Kontakt kommen würde, die sie verbannt halten wollte. Inge spürte all das, und sie fragte sich manchmal, ob ihre Mutter wirklich glaubte, ihr würde all das verborgen bleiben. Und sie fragte sich, ob es bei ihren Mitschülerinnen ähnliche Fragen gab. Inge kam zu dem Schluss, nein, denn die anderen erzählten immer nur von den vielen freudvollen Vorbereitungsgesprächen, von den vielen Bummel-Nachmittagen, an denen die Mütter mit ihren Töchtern in der Stadt Ausschau hielten nach dem passenden Kleidchen, damit die Festtagskinder wie kleine Bräute herausgeputzt werden konnten.

Tante Auguste wurde im Herbst vor Inges Kommunion bettlägerig. Niemand wusste, warum sie so gar nicht auf die Beine kam, nachdem sie doch nur eine normale Grippe gehabt hatte. Ihr verletztes Bein war offen, wie Tante Friederike Inge erklärte, und der Arzt kam mehrfach ins Haus. An einem hektischen Nachmittag erfuhr Inge, dass Tante Auguste ins Krankenhaus müsste, sie hätte Diabetes, und das sei erst jetzt erkannt worden. Inge beruhigte sich. Im Krankenhaus wurde für die Tante gesorgt, und sie würde bald wieder zu Hause sein. Aber Tante Auguste kam nicht mehr aus dem Krankenhaus zurück …

Antworten?

Als Frau – na ja, als sogenanntes Vollweib hatte Inge sich nie wirklich emp-
funden, obwohl sie das Potential dazu in sich spürte. Ausleben konnte sie es
dann eine Zeit lang. Da gab es Dietmar, den Lehrer, der ein gutes Jahr, nachdem
Hans gegangen war, über eine Tanzkurs-Anzeige in ihr Leben getreten war. Er
hatte alles in ihr geweckt, was bis dahin geschlummert hatte, und Inge erlebte
Beziehungs-Erfüllung, wie sie sie sich immer gewünscht hatte. Der Haken war
nur, daß sie nicht seine einzige Beziehung war.

Der ganze Kräutergarten eifersuchtsbesetzter, demütigender Erfahrungen ent-
faltete im Laufe der Trennung von Dietmar in Inges Emotionalkörper ein ganz
eigenes Bouquet, sodaß sie bei verschiedenen Geräuschen, Düften, Melodien immer wieder die komplette Bandbreite der dramatischen Gefühle, von liebevoll
träumend bis angewidert sich abwendend, mit allen Sinnen erleben musste, ohne
sich dagegen wehren zu können. Das waren Qualen, die sie mit vielen, vielen
Frauen teilte, das wusste sie, aber ihr Vertrauen in die Verantwortungsbereitschaft
der Männer befand sich auf ihrer Zuversichts-Skala von da an unter Null.

Bis Inge es geschafft hatte, sich von Dietmar endgültig zu trennen, war so viel
Zeit vergangen, dass sie von ihrer eigenen Inkonsequenz angewidert war. Was
das Schlimmste bei allem für Inge war: sie hatte ihre innere Stimme ignoriert.
Hätte sie auf sie geachtet und gar gehört, wäre ihr manche leidvolle Situation
erspart geblieben. So hatte es mehrere Situationen gegeben, in denen Inge Dietmar alles andere als kontrollieren wollte. Sie rief nur noch einmal an, um sich
für ihr Misstrauen zu entschuldigen. Und so war es oft. Sie entdeckte per Zufall,
dass er gar nicht zu Hause war, obwohl er Klassenarbeiten korrigieren wollte.
Anzeichen für eine weitere Frau in seinem Leben gab es ihrer inneren Stimme
nach schon lange.

Wenn Inge diese Anzeichen bei Dietmar ansprach, ging sie immer selbst als
diejenige aus den Gesprächen hervor, die sich schämte, wegen ihres Misstrauens
und wegen ihrer Verlustängste, die sie wohl so Ungeheuerliches vermuten ließen.
Dann war sie mit Schuldgefühlen zurückgeblieben und rief den immer noch
von ihr sehr Geliebten an, um ihm einen Gute-Nacht-Kuß durch die Leitung
zu schicken und nachzufühlen, ob er ihr verziehen hätte.

Aber siehe da: entweder war das Telefon länger als eine Stunde besetzt, oder Inge mußte sich mit dem Anrufbeantworter begnügen. Dietmars Erklärungen waren abstrus, aber Inge weigerte sich, ihn zu kontrollieren. Liebe ist schließlich ein Kind der Freiheit…

Nach einigen Jahren hatte Inge sich dann doch noch einmal für einen Partner geöffnet. Georg war ein gestandener Mann, der nicht unruhig im Restaurant nach tollen Frauen Ausschau hielt, während er mit ihr knusprige Ente aß. Nein, er schaute wirklich sie an und nur sie, wenn sie sich unterhielten. Die Funken sprühten, wenn sie sich anschauten, zumindest bis zu dem Zeitpunkt, an dem klar wurde, dass Inge längst nicht so pflegeleicht war, wie Georg anfangs dachte. Ihre innere Unruhe, ihre Neugier auf das, was noch vor ihr und vor ihnen lag, wurde zu einem großen Hemmnis in ihrer Beziehung. Aber für Inge wurde klar, dass sie nichts mehr in ihrem Leben akzeptieren konnte, was sie an ihrer Weiterentwicklung hindern würde, auch nicht, wenn sie Georg sehr liebte.

Nach ihm hatte sie den Geschmack an Männern verloren. Er war ein Mann, mit dem sie sich vorstellen konnte, bis zum Lebensende zusammen zu sein, dann allerdings mit weniger Phlegma und weniger Alkohol …

Inge hatte auf einige Anzeigen aus der Lonely-Hearts-Rubrik geantwortet und sich mit einigen Männern getroffen. Es waren wirklich sehr nette und interessante Exemplare dabei, aber Inge war irgendwie nicht mehr oder noch nicht wieder erreichbar für einen neuen Partner, obwohl sie sich danach sehnte.

Vier Jahre war es nun her, dass die Beziehung zu Georg geendet war. Wenn Inge an ihn dachte, war es immer noch so, als hätten sie sich erst vor einer Woche getrennt. Der Schmerz ließ nicht nach, obwohl sie überzeugt war, dass sie die Beziehung nur hätten weiterführen können, wenn Inge sich in den wesentlichen Bereichen ihres Lebens völlig verrenkt hätte …

Jemanden aufzugeben, obwohl man ihn liebt, einfach aus der Sicherheit heraus, dass Spannungen und Entfremdung programmiert wären – das war sehr, sehr hart. Aber sie wollte auf ihre innere Stimme hören. Endlich hinhören und handeln, authentisch leben, auch wenn es Single-Dasein bedeutete.

Aber hatte sie sich wirklich damit abgefunden, dieses Kapitel des Voll-Frau-Seins abgeschlossen zu haben? Mit 55?

Sie rollte sich auf ihrem Lieblingsplatz zusammen wie eine verwundete Katze. Während sie so auf ihrer Couch kauerte, als würde sie auf ihr Ende warten, schwand jeglicher Impuls, die innere Talfahrt, wie sie sie neuerdings mehrmals in der Woche erlebte, aufzuhalten. Es ging bergab, immer weiter talwärts, in eine Dunkelheit, die unergründlich schien.

Inge ließ die Schussfahrt zu, konnte sich nicht dagegen wehren herauszufinden, ob dieses Dunkel endlos war, oder ob sie sich vielleicht in einem Trichter befand, an dessen unterem Ende eine Öffnung wartete, aus der sie in großem Befreiuungsschub herausschoß und auf neuem Urgrund landete.

Ihre innere Stimme meldete sich, als es dunkelschwarz in ihr wurde – das Flüstern in ihr wurde lauter. Ihr fehlte die innere Kraft, sich davor zu verschließen, obwohl sie Angst hatte, allmählich verrückt zu werden. Waren das erste Anzeichen dafür?

Worte schlichen wie junge Kätzchen mit Samtpfoten über ihre inneren Ohren zu ihr. Inge hörte Aufforderungen, einzelne Worte, bald ganze Sätze und sah Bilder, die sich zu einem größeren zusammenfügten.

Konnte sie das alles zulassen, diesen Worten und Bildern trauen, sich auf sie einlassen? Konnte sie sich selbst noch trauen? Gott vertrauen? War er es, der zu ihr durchzudringen versuchte?

Nimm es an! Es ist Dein Leben! Du hast alles in Dir, um die Dunkelheit in Dir zu erhellen. Laß das Licht in Dir zu und den Ton! Laß das Dunkle los! Vergiß die Schuldgefühle, Deine Vorwurfshaltung, Deine Enttäuschungen und Deinen Groll! Laß los!

Das Dunkle, das sind angetrocknete Reste übergekochter, verkrusteter Wut. Und Angst. Angst, etwas Neues beginnen zu müssen. Angst, sich als Versagerin zu fühlen. Angst, Ähnliches, ähnlichen Schmerz noch einmal durchleben zu müssen. Du schneidest Dich mit Deiner Angst vom Leben ab.

Es ist nicht so leicht, etwas Altes, das überholt ist und nicht mehr passt, loszulassen. Das Sich-Öffnen für Neues ist vielleicht noch schwerer. Aber das kann Dir keiner abnehmen. Das mußt Du selbst wollen und tun. Die Schritte in eine neue, in Deine eigene Richtung, die kannst nur Du selbst gehen. Niemand geht diese Schritte für Dich.

Sich der inneren Führung anzuvertrauen, mit halbem Herzen – das ist sehr schwer. Mit 85 Prozent noch schwerer, und mit 95 Prozent fast nicht zu (er-)tragen.

Sich 100-prozentig anzuvertrauen – das ist leicht… Wie so manches Inspirierende, so hatte sie auch diese Erkenntnis von ihren Kindern gehört. Inge vermißte so sehr die moralische Unterstützung durch die Gespräche mit ihren Kindern.

Inge sang leise ein altes Liebeslied an Gott, wie sie es seit mehr als einem Jahrzehnt kannte und oft sang, HU (gesungen Hjuuu…). Dazu war keine Anstrengung erforderlich, dennoch konnte sie sich in ihrer Einsamkeit nur selten dazu aufraffen. Fühlte sie sich unwürdig, sich mit ihrem persönlichen Kummer, sich mit ihrem Selbstmitleid an Gott zu wenden? Ja, sie konnte sich einfach nicht vorstellen, dass sie geliebt wurde, besonders nicht von Gott. Inge schluchzte, und schon öffneten sich die Schleusen. Sie war froh, zu Hause im geschützten Raum zu sein. Es war in letzter Zeit nicht selten vorgekommen, daß sie mit Tränen ringen mußte, wenn sie im Supermarkt war oder im Zug saß. Sie sah etwas, jemanden, in Sekundenschnelle folgte eine Assoziation, und dann die Tränen. Sie konnte nur noch heftig schlucken, damit es nicht so weit kam, daß ihr die Tränen die Wangen runterliefen. Zu Hause angekommen, ging es dann los …

Inge wurde allmählich ruhiger, und etwas Sanftes in ihr beruhigte die hochschlagenden Wogen, fing an, ihre schmerzhaften Gefühle zu lindern. Wie milder Frühlingsregen fühlte es sich an.
   Inge begann zu erahnen, was Balsam für die Seele bedeuten konnte. Dieses Milde, Sanfte in ihr erreichte alle Zellen, das wohltuende Gefühl wurde schließlich sogar hörbar.
   Inge nahm ein beruhigendes Summen wahr, das sie wie ein tröstender Bienenschwarm einhüllte. All das zusammen fühlte sich an, als würde ein innerer Licht- und Ton-Dimmer sehr langsam höhergestellt, bis sie sich vollkommen von diesem Licht und dem Ton, von dieser spürbaren Liebe, durchflutet fühlte. Ja, es fühlte sich nach Liebe an. Woher kam diese Liebe?

Das liebevolle Sanfte in ihr schien Inge flüsternd überzeugen zu wollen, sich wieder aufzurichten. Ihr kam es vor, als würde ein Gärtner eine dürstende Blume nach langer Dürreperiode dazu überreden, den Kopf zu recken, um den warmen Regen zu spüren. Inge spürte noch einmal intensiv den Schmerz der Dürre, richtete sich aber auf, fühlte Kraft und machte weit auf, um aus dieser Quelle, die sich auftat, mehr zu tanken …

Sie war wohl bei sich selbst angekommen und damit bei ihrem göttlichen Ursprung? Für Inge fühlte es sich danach an, als würde eine langgehegte Sehnsucht gestillt. Eine Quelle schien zu sprudeln, wie ein innerer Geysir, wärmend, belebend. Diese Quelle der Kraft wollte sie nicht mehr versiegen lassen. Wie konnte sie das schaffen?

Nach und nach richtete sich immer mehr in ihr auf: Gedanken, Ideen, angenehme Gefühle, aufbauende Erinnerungen. Der Wunsch blitzte auf, sich wieder auf den Weg machen zu wollen, aufzubrechen zu neuen Ufern.

Hatte sie die innere Kraft dazu? Etwas gab Inge die Gewissheit, dass sie die erforderliche Kraft gar nicht selbst aufzubringen brauchte. Alles, was sie zu tun hatte, war, sich führen zu lassen, sich der Kraftquelle, aus der alles Leben strömt und die vielleicht auch sie erreichen und führen wollte, anzuvertrauen. Wow!

Inge fing an zu begreifen, dass ja doch noch ein neues Abenteuer vor ihr liegen könnte. Sie war ganz aufgeregt bei der Vorstellung, etwas ganz Neues anzufangen, etwas, das ihr tief drinnen Freude bereitete und tiefe Zufriedenheit bringen konnte. Konnte sie zulassen, dass sich dieses lähmende Vakuum, das sich in ihr ausgedehnt hatte, mit neuer Sinnhaftigkeit füllte? Etwas in ihr wollte sagen: Lass mich in Ruhe! Alles ist so schnell vergänglich, es lohnt sich nicht, was Neues anzufangen. Außerdem bin ich über meine Lebensmitte schon lange hinaus. Meine Kräfte sind verbraucht. In jedem Anfang ist das Ende schon enthalten, und das bedeutet Schmerz, Loslassen…

Aber der Funke war da, sprang über – willst Du, oder gibst Du auf?

Du hast die Wahl! Du triffst die Entscheidung!

Nein, ich gebe nicht auf! Das wäre gelacht! Nach allem, was ich auf die Beine gestellt habe! Das fühlte sich nach altem oder gar neuem Kampfgeist an. Ja, sie wollte sich dem Leben wieder stellen. Inge sprach laut mit sich selbst, mit ihrer inneren Instanz, der sie offensichtlich neu und intensiver begegnet war und die sie viel besser kennenlernen wollte: Ich brauche Dich da drinnen, Deine Kraft und Führung. Ich schaue, dass ich auf Empfang bleibe, dass es nicht mehr so dunkel wird. Und Du: laß das Licht bitte nicht wieder ausgehen! Ist das ein Deal? Ich will ja eigentlich leben, wirklich leben …

In den Tagen darauf war Inge aufmerksamer. Sie bemerkte vieles, das ihr bisher nicht aufgefallen war: das Lächeln und die Augenfarbe einer Frau, die jeden Morgen mit ihr in den Zug stieg. So wunderschöne blaue Augen sah man schließlich nicht allzu oft. Eine Kassiererin im Supermarkt erließ ihr zwei Cents, damit Inge keinen grösseren Schein anbrechen musste. Ihr Alltag war angefüllt mit vielen netten Gesten. Die Menschen um sie herum waren viel netter, als sie bisher meinte. Wie taub und blind war sie durch die vergangenen Wochen und Monate oder gar Jahre gewankt!
   Waren diese vielen angenehmen Momente immer in ihrem Leben gewesen, ohne dass sie sie bemerkt hatte? Die Antwort musste sie sich schuldig bleiben – Inge konnte sich wieder freuen, und das spielte sich nicht nur oberflächlich ab. Darauf kam es schließlich an. Sie fühlte eine tiefe Freude und Dankbarkeit wie selten zuvor.

Inge beschloss, ihrem Körper auf die Sprünge zu helfen, indem sie mehr Gelegenheiten nutzte, sich an der frischen Luft aufzuhalten. Und sie bot ihrem Körper stärkende Nahrung an – viel Obst und Gemüse und viel Wasser.

Von Büchern fühlte Inge sich auf neue Weise angezogen, vor allem von solchen, in denen es um spirituelle Fragen und ganzheitliche Ansätze ging. Durch den einen oder anderen Impuls aus ihrer neu erstandenen oder ausgeliehenen Literatur fand Inge heraus, dass sie innere und äußere Bewegung brauchte. Der niedliche Cocker Spaniel, den sie vor einigen Wochen aus dem Tierheim zu sich geholt hatte, entpuppte sich dabei als wahrer Segen, was Frische-Luft-Tanken betraf, denn morgens nach dem Aufstehen und bei Wind und Wetter – der Hund war eine Verpflichtung, die sie bewusst eingegangen war, also dackelte Inge mit ihrem kleinen Bodyguard los …

Jerry Cocker war auch in anderer Hinsicht für Inge hilfreich. Er zeigte ihr, wie es ist, bedingungslos Liebe zu geben – und sich abzuholen. Inge wusste, dass ihr neuer Begleiter aus einer Zuchtanlage im europäischen Ausland stammte. Viel

Gewalt war ihm angetan worden, weshalb er nicht in eine Familie vermittelt werden konnte, sondern nur in einen ruhigen Single-Haushalt passte. Während Inge ihren braunen, manchmal recht laut schnarchenden Gesellen betrachtete, wurde ihr bewusst, wie viel Vertrauen dieser kleine Kerl in den Wochen, die er jetzt bei ihr war, gefasst hatte. In den ersten Tagen zuckte er oft schreckhaft zusammen, rannte umher mit gesenktem Kopf, so, als wolle er von den Menschen nichts mehr wissen. Trotz seiner schlechten Erfahrungen ließ er sich aber auf Neues ein und war mittlerweile ein richtig lebensfroher Cocker geworden. Jerry hatte kleine Gesten entwickelt, mit denen er Inge zu verstehen gab, dass er gestreichelt werden wollte. Und dieses Spiel hatte er zu einem Ritual weiterentwickelt, das er sogar auf offener Straße zelebrierte. Auf dem Rücken liegend blinzelte er in Inges Richtung. Wenn die angeforderten Kraul-Einheiten dann tatsächlich geliefert wurden, konnte man meinen, Jerry würde lachen. Interessant war, zu beobachten, wie viele Menschen, denen Inge und Jerry begegneten, mit einem Lächeln weitergingen oder kurz stehenblieben, um sich über diesen hübschen und im Wesen so netten Hund auszulassen. Das war ein gutes Stück Lebensqualität, die in Inges Leben zurückkehrte.

Sie hatten immer einen Hund gehabt, und nicht selten hatte Inge in den vergangenen Jahren die beruhigenden Geräusche eines Vierbeiners in ihrer Nähe vermisst.

So wurden die Spaziergänge mit Jerry zum festen Bestandteil ihres Tages. Inge war dankbar, dass sie den Weg in die Freiberuflichkeit gewählt hatte. Es tat gut, nach den vielen Jahren des vorgegebenen Rhythmus' und des Aufstehens um viertel nach fünf ihre Zeit selbst einzuteilen, sich eine warme Mittagsmahlzeit zuzubereiten und zwischendurch einen kurzen Abstecher zu Armin, dem Antiquitätenhändler in der Stadt, zu machen. Ihm konnte sie vieles bringen, wovon sie sich trennen wollte. Sie spürte, dass es galt, Ballast abzuwerfen. Sie brauchte keine zwölf Gedecke mehr von dem alten Porzellan, das sie von ihrer Schwiegermutter bekommen hatte. Die alten Inliner ihrer Kinder würden nie wieder gebraucht. Sie staubten seit langem im Keller vor sich hin. Sie in die große Tüte zu packen, tat weh, aber war letztlich Befreiung. Als sie ihren Kindern am Telefon von ihrer Entrümpelungsphase erzählte, erntete sie ausschließlich

Zustimmung und Beifall bis hin zu Begeisterung. Inges Lebensfreude erwachte zu neuem Leben.

Inges innere Balance wollte gepflegt und immer wieder erarbeitet werden. Sie dachte oft an den alten Goethe, der im Faust sinngemäß davon spricht, dass nur der erlöst werden kann, der sich täglich bemüht. Die Zeiten, in denen sie im Gespräch mit sich selbst, mit ihrer inneren Stimme, ihrer höheren Instanz also, Neues ausarbeitete und um Antworten für die nächsten Schritte bat, nannte sie ihre inneren Work-Outs. Sie wurden für Inge ebenso wichtig wie regelmäßiges körperliches Training. Inge lief stramm oder joggte mit Jerry, radelte oder zog für eine Stunde die Inliner an.

Für ihre inneren Work-Outs stellte Inge Themen zusammen. Fast täglich entdeckte sie neue Überschriften, die Bereiche verkörperten, mit denen sie sich intensiv beschäftigen wollte. Sie wollte nicht nur äußerlich aufräumen, sondern auch innerlich entrümpeln.

Jede Aufräumaktion sollte sie ihrer Lebensfreude ein Stück näher bringen. Inge spürte, daß darin eine wichtige Antwort für ihren weiteren Weg lag. Disziplin wurde ebenfalls ein wichtiges Thema. Ohne die Disziplin, die inneren und äußeren Work-Outs zu machen, sackte ihr Lebensmut merklich ab. Inge hatte sich vorgenommen, sich auf der Lebensfreude-Skala weiter nach oben zu hangeln.

Inge las in verschiedenen Büchern einiges über Lebens-Wendepunkte. Es gab offensichtlich typische Stationen, wie die Zeit, wenn die Kinder in die Schule kommen, wenn das Jüngste Kind die Schule verläßt, wenn berufliche Veränderungen anstehen, wenn der Partner geht – durch Tod oder Scheidung – und natürlich, wenn die erwachsenen Kinder das Haus verlassen.

Also war es doch ganz natürlich, daß sie das alles erlebte, was ihr so widerfuhr. Die Schweizer haben den netten Begriff Abänderung für eine wirklich heikle Phase im Leben der Frauen gewählt. Ja, es waren viele Änderungen angesagt.

Inge setzte sich auf ihre Couch der Ruhe und öffnete sich für Antworten zu den Fragen, die sie sich stellte. In ihrem Tagebuch hielt sie anschließend fest, was in ihr Bewusstsein drang.

Work-Out 1: WENDEPUNKTE

– Welche Wendepunkte gab es bisher in meinem Leben?

– Wie bin ich damit umgegangen?

– Welche Stärken habe ich dabei entwickeln können?

– Woraus habe ich Kraft geschöpft?

– Habe ich mich an Zielen ausgerichtet?

– Welche Ziele habe ich davon erreicht und welche nicht?

– Gibt es Ziele, die ich in neuem Anlauf anpeilen möchte?

– Welche Ziele habe ich aufgegeben?

– Aus welchen Gründen?

– Bereue ich davon etwas aus heutiger Sicht?

– Welche Prioritäten habe ich seinerzeit gesetzt?

– Gelten diese Prioritäten heute noch genauso?

– Bin ich diesen Prioritäten, bin ich mir selbst treu?

– Welche Abweichungen gibt es?

– Welche Wünsche, welche Ziele ergeben sich für mich daraus?

– Woraus schöpfe ich heute Kraft, um die Schritte auf meine Ziele hin gehen zu können?

Inges Priorität waren immer die Menschen gewesen, genauso wie liebevolles Miteinander, in der Familie und in allen anderen Lebensbereichen. Das erschien ihr immer wieder als das Wichtigste, besonders vor dem Hintergrund ihrer Kindheit und Jugend. Wir sind schließlich auf dieser Welt, um uns gegenseitig das Leben so angenehm wie möglich zu machen, war Inges Überzeugung. Herausforderungen, Probleme ergaben sich von selbst. Das Leben war manchmal schwer genug, da brauchte man es nun wirklich nicht noch durch Wettbewerbsdenken oder Machtspielchen zu verkomplizieren.

Als Basis für ein Leben in friedvoller Atmosphäre wollte sie eine große Familie. Ich will mal sechs Kinder haben und nicht weniger, so viele, wie meine Oma hat. Diesen Wunsch hatte sie als Kind oft verkündet. Ein Einzelkind kam für sie absolut nicht in Frage bei ihrer Lebensplanung. Das mit den sechs Kindern hatte nicht ganz geklappt, denn nach der Geburt des vierten Kindes ging Inge kräftemäßig ganz schön in die Knie. Eine Haushaltshilfe konnten sie sich nicht leisten, also blieb es bei den Vieren. Es war so wenig selbstverständlich, vier gesunde Kinder zu haben!

Inge spürte tiefe Dankbarkeit für diese Tatsache und dafür, dass ihre Rangen mittlerweile eigenständige Menschen waren, echte Persönlichkeiten, die in der Lage waren, sich eine Meinung zu bilden und sie zu vertreten. Dankbarkeit empfand sie auch dafür, dass sie Stärke entwickelt hatten, um den verschiedenen Versuchungen zu widerstehen. Klar, sie haben alle – eine Zeit lang – die Zigaretten-Industrie bereichert, haben sicher auch das Kiffen ausprobiert, haben in der Schule stellenweise andere Prioritäten gesetzt als die Lehrer, haben beim Lernen die Zügel schleifen lassen, aber..... sie haben die Bereitschaft entwickelt, aus ihren Erfahrungen Erkenntnisse zu ziehen, sind bereit, ein eigenverantwortliches Leben zu führen, ohne die Schuld bei anderen zu suchen, wenn was schief geht. Inges Kinder waren auch ihre besten Freunde geworden. Immer wieder vermißte Inge die Gespräche, wie sie sie nur mit ihren Kindern führen konnte.

Work-Out 2: FREUNDSCHAFT

– Wer waren zu Ehezeiten meine besten Freunde?

– Welche Freundschaften haben die Trennung vom Partner überdauert?

– Wer half mir wieder auf die Beine, wenn es mir schlecht ging?

– Wer hatte Vorbild-Funktion für mich?

– Von wem musste ich mich distanzieren?

– Was habe ich aus dieser Erfahrung gelernt?

– Welche Bücher wurden zu meinen Freunden?

– Auf welche Menschen kann ich mich heute verlassen?

– Für wen bin ich ein verlässlicher Freund?

_____

_____

_____

_____

_____

_____

_____

_____

_____

_____

_____

Inge war jetzt erst 55 Jahre alt oder auch schon. Alles, wofür sie ihre Energie eingesetzt hatte und was sich zu erreichen gelohnt hatte, lag hinter ihr. So fühlte es sich an. Inge hatte sehr viel gekämpft, wobei sie nie gegen jemanden oder gegen etwas kämpfen wollte, sondern nur für etwas oder um jemandem zu helfen. Das war oft schwer genug, keine Kampfposition mit geschwollenem Kamm einzunehmen, sondern sach- und situationsbezogen zu argumentieren. Da gab es natürlich Ausrutscher, aber über ihren Kurs, den sie einhalten wollte, war sie sich immer klar gewesen. Rechtsstreitigkeiten anzustreben, um ihr Recht zu bekommen, war nie ihr Ding gewesen, auch wenn ihr aus heutiger Sicht manchmal der Gedanke kam, es hätte sich vielleicht das eine oder andere Mal gelohnt, einen echten Kampf zu führen, statt lediglich Grenzen aufzuzeigen, zum Beispiel Unterhalt für sich selbst zu erstreiten...

Inge hatte gekämpft für die Absicherung ihrer Kinder. Falls ihr etwas zustoßen würde, sollten ihre Kinder nicht aus der gewohnten Umgebung vertrieben werden. Sie kämpfte dafür, dass sich ihre Kinder auch nach der Trennung weiterhin mit dem beschäftigen konnten, wofür sie innerlich»brannten«. Kinder, die etwas ausleben dürfen, was ihnen wirklich Freude macht, können stark werden. Davon war Inge überzeugt. Sie haben mehr innere Widerstandskraft beim Umgang mit Fremd- und Negativeinflüssen und gehen nur dann mit dem Mainstream, wenn es für sie selbst stimmt. Inge ging es darum, ihre Kinder zu Authentizität zu ermutigen und sie dafür zu stärken.

Bei Meike waren es Blumen, bei Annika war es das Ballett, bei Gero das Saxophon und bei Melanie das Klavier – das waren die Themen, bei denen Inges Kinder anfingen zu leuchten. Ballett-, Klavier- und Saxophon-Unterricht waren nicht zuletzt eine Frage des Geldes. Aber sie kämpfte auch mit sich selbst darum, bei diesen Themen keine Abstriche gelten zu lassen.

Seit Hans ein neues Nest gefunden hatte, mit drei erwachsenen Kindern und viel Komfort, ächzte Inge manchmal recht ordentlich unter der Last der Erziehungsarbeit und der wirtschaftlichen Zwänge. Irgendwie war sie in keiner Weise auf eine derartige Herausforderung vorbereitet worden. Es kann aber nicht sein, dass die Kinder in ihren Möglichkeiten mehr als erforderlich beschnitten werden, nur, weil Mama und Papa sich getrennt haben, befand Inge.

Besonders schwierig fand sie die vielen unbequemen Fragen der Heranwachsenden. Das war sehr anstrengend und sprengte oft ihre eigenen inneren Grenzen, vor allem, wenn es um religiöse Fragen ging.

In Zeiten der kompletten Familie hatten Inge und Hans oft keine Chance gehabt, sich Antworten in Ruhe zu überlegen oder sich abzusprechen. Das waren die Situationen, in denen sie in die Schubladen ihrer leicht angestaubten katholischen Trickkiste griffen. Sie war angefüllt mit Antworten aus ihren gemeinsamen Jahren praktizierten Katholizismus'.

Inge und Hans hatten sich spirituell nie auf die faule Haut gelegt.

Immerhin waren sie beide aus ähnlicher Lebenswolle gestrickt, wenn es um grundsätzliche Fragen des Lebens ging. Sie gaben sich nicht mit lauwarmen Lösungen zufrieden, sondern suchten, bis sie das Gefühl hatten, bei den Wurzeln eines Themas angekommen zu sein. Wie unterschiedlich das Empfinden für diese Wurzeln und inneren Zusammenhänge sein konnte – das merkten sie erst viel später.

Als sie sich kennenlernten, waren sie sich in vielen Gesprächen über Religiosität, über den Sinn des Lebens, über Möglichkeiten, Glauben wirklich zu leben, näher gekommen. Beide waren sie nicht dazu geeignet, als Karteileichen ein stereotypes katholisches Leben zu führen. Für sie konnte nur gelten: entweder mit ganzem Herzen und nach allen Kräften oder gar nicht – oder aber weiterzusuchen. Wobei letzteres besonders für Inge galt. Es machte ihr Leben nicht gerade leichter, bis dato. Aber es war in ihr so angelegt. Inge hatte lange gebraucht, um diesen inneren Unruhefaktor in sich zu akzeptieren.

Jetzt war Inge diesem inneren Unruhefaktor sehr dankbar. Offensichtlich half er ihr in ihrer jetzigen Lebensphase genauso, sich nicht mit Perspektivlosigkeit zufriedenzugeben. Vieles war in ihr, das losgelassen werden wollte. Viel Energie war dadurch gebunden, dass sie Bindung an vergangene Erlebnisse und Empfindungen hatte. Inge brauchte diese Energie, um die nächsten Schritte gehen zu können. Denn eines spürte sie auch sehr deutlich: mit zunehmendem Alter ist mehr Kraft erforderlich, um den Motor wieder anzuschmeißen. Ihr erstes Auto kam ihr in den Sinn, die Ente, die an feuchtkalten Tagen mit der Kurbel angeworfen werden musste. Je älter ihr geliebter 2CV wurde, desto höher war der Kraftaufwand, um ihn zum Knattern zu bringen.

Work-Out 3: »KÄMPFEN« – EINSATZ

–   Wofür habe ich mich in meinem bisherigen Leben eingesetzt?

–   Welche Themen gibt es heute, für die ich mich»brennend« interessiere?

–   Mit welchen Menschen verbinden mich Anliegen, um mich gemeinsam mit ihnen dafür einzusetzen?

–   Kann ich mir vorstellen, dass meine Mitwirkung in einer Interessengruppe willkommen sein könnte?

–   Verfüge ich über Gaben, die ich im Sinne einer gemeinsamen Idee zu Aufgaben machen kann?

Einsatz zu bringen, war für Inge immer selbstverständlich gewesen, vor allem, da sie als alleinerziehende Mutter auf ihren Job angewiesen war. Das wussten ihre Arbeitgeber und schätzten ihre Einsatzbereitschaft. Inge konnte sich gut selbst motivieren, selbst für Arbeit, die weniger gut zu ihr passte. Ihr Bemühen war, stets ihr Bestes zu geben, entsprechend leicht zu steuern war sie für ihre Vorgesetzten. In den vergangenen Jahren jedoch, in den Jahren also, in denen sich ihre Kinder nach und nach in ihr eigenes Leben verabschiedeten, war es mit der Motivation nicht mehr so weit her.

Inges Arbeitsalltag begann mit dem Aufstehen um viertel nach fünf. Sie gönnte sich eine gute Stunde für Frühstück und Badezimmer, um gegen halb sieben Richtung Bahnhof aus dem Haus zu gehen. Arbeitsbeginn beim Dienstleistungsunternehmen in einer Nachbarstadt war um halb acht. Drei Bürokräfte, Inge und zwei Kolleginnen, bewältigten mit dem Geschäftsführer zusammen die Arbeitsabläufe, mit Kundentelefon, Schriftverkehr, Koordination zwischen Fuhrpark und Produktion und den sich daraus ergebenden Arbeiten.

Wenn die trübe Jahreszeit begann, fühlte Inge sich wie ein Maulwurf. Ihr Freizeit-Leben, in dem sie Kraft schöpfen wollte, fand im Dunkeln statt. Sie ging im Dunkeln aus dem Haus, und wenn sie heimkam, meist nicht vor halb sieben abends, herrschte die gleiche Dunkelheit. Dann bereitete sie sich eine – manchmal warme – Mahlzeit zu, um anschließend ins Bett zu gehen. Der Wecker klingelte immerhin wieder sehr früh.

Die Freizeit, die ihr zur Verfügung stand, brauchte sie, um wieder ins Kräftegleichgewicht zu finden. Zum Daumendrehen kam sie tagsüber absolut nicht. Im Gegenteil, es herrschte ein hohes Arbeitstempo, und Inge war eine willige Mitarbeiterin, wenn der Chef verlauten ließ, dass etwas mal eben schnell erledigt werden musste. Sie war ein dankbares»Opfer« für jeden, der Druck ausübte. Wenn was falsch gelaufen war, heizte sich das Klima in Windeseile derart auf, daß ihre Kolleginnen und sie selbst nur noch mit hektischer Röte gesichtet wurden. Inge ging es um Ergebnisse, und sie entwickelte entsprechenden Ehrgeiz. Dabei ging es ihr nicht darum, besser als andere zu sein, sondern darum, ihren Teil für einen harmonischen Arbeitsablauf und ein gutes Geschäftsergebnis zu liefern.

Einiges an Frust, der sich während des Tages aufgebaut hatte, war zu bewältigen. Und oft dachte sie, es wäre wunderschön, mit einem Partner über die schwierigen Momente des Tages sprechen zu können. Sie machte das meiste mit sich alleine aus. Wenn es Inge nicht gut ging, zog sie sich zurück wie eine kranke Katze. Es lag ihr nicht, mit ihren Schwierigkeiten hausieren zu gehen.

Längst hatte Inge auch im Berufsleben verschiedenste Erfahrungen gesammelt, die belegten, dass Menschen mit Kritik sehr unterschiedlich umgingen. Auch wenn sie für Gleichberechtigung war, so hatte sie doch für sich entschieden, es lieber mit einem männlichen Vorgesetzten zu tun haben zu wollen. Das Leben wollte es allerdings anders, und Inge stellte fest und litt darunter, dass Frauen, die den Chef anhimmeln, keinerlei Loyalität mit Kolleginnen anstreben, allenfalls mit solchen, die offensichtliche Unterlegenheit signalisieren. Solidarität wurde oft auf dem Altar von Machtausübung und Geltungsbedürfnis geopfert. Inge vermisste freundliches, wohlwollendes Miteinander. Statt dessen erlebte sie, dass jeder nur sein eigenes Ding im Auge hatte. Mit den Jahren war sie verwundbarer geworden, was Feindseligkeiten betraf. Sie erschienen ihr immer sinnloser. Aber genau diese Feindseligkeiten, wie sie offenbar unter Frauen typisch sind, herrschten an manchen Tagen vor, vor allem während des Monatsabschlusses. Wenn dann was schief lief, waren die ersten Fragen die nach Schuldigen. Wie die Situation am schnellsten kundenfreundlich zu lösen sein könnte, war zweitrangig und damit das Gegenteil von dem, was der Chef allen immer wieder ans Herz legte.
Inge wurde immer müder. Ganz abgesehen davon, dass sie noch nie ein Machtmensch gewesen war – sie wollte auf ihre alten Tage auch keiner mehr werden. Aber eines wurde ihr sehr klar: Sie hatte sich immer darum gedrückt, sich im Punkt Selbstbehauptung weiterzuentwickeln.

Lieber hatte sie den Rückzug angetreten, als den Kampf aufzunehmen. Jetzt wollte sie die Lektion lernen, um sich von diesem Druck zu befreien. Sie wollte für sich einstehen. Inge lernte, besser zu differenzieren und begann, mutige Schritte nach vorne zu tun, wenn ihr Magen sich zusammenkrampfte. Er wurde für sie Gradmesser dafür, wenn sie sich abgrenzen sollte, und half ihr zu erkennen, ob sie gerade kniff, oder ob es wirklich besser war, die Situation und die »Krähen« sich selbst zu überlassen.

„Sie müssen härter werden. Sie müssen…, Sie müssen….«, hörte sie oft von ihrem Chef. Doch seine Vorschläge erschienen ihr wie Rückschritte in ihrer ganz persönlichen Ethik. Konzepte sind für die Menschen da, und nicht umgekehrt, antwortete sie manchmal sinngemäß. Echte Leistung bringen dauerhaft nur motivierte Menschen. Menschen unter Druck sind nur aus Angst loyal, niemals aus Überzeugung. Inge war fest davon überzeugt, dass die Angst vor Arbeitsplatz-Verlust auf Dauer krank macht. Sie sehnte sich danach, wieder mehr Freude auch bei der Arbeit zu erfahren, und sie kam zu dem Schluß, dass es auf Dauer in keiner Weise gesund sein könnte, derartig viel Energie aufwenden zu müssen, um die am Arbeitsplatz vorherrschende Negativstimmung für sich zu neutralisieren. Ganz abgesehen von ihrer Fassungslosigkeit, die sie manchmal kaum unter Kontrolle bringen konnte. Die Kollegin, die eben noch mit übelster Laune und abweisenden Antworten reagiert hatte, von wegen viel Arbeit und überhaupt, da haben die und die schon wieder was falsch gemacht…. – dieselbe Kollegin ließ tatsächlich ihr Festtagslachen aufziehen und hatte plötzlich sehr viel Zeit, als Männer auf der Bildfläche erschienen. Inge musste sich fast übergeben…

Nein, sie konnte, und sie wollte auch nicht mehr. Vor dem Einschlafen bat sie ihre innere Führung um Hilfe. Das Verhaltensmuster, das sie offensichtlich schon so lange lebte und pflegte und das ihr immer wieder derlei Konstellationen beschwerte, wollte Inge endlich hinter sich lassen.

Die Menschen, mit denen sie beruflich zu tun hatte, waren, wie sie waren. Inge war davon überzeugt, daß alle Verhaltensweisen ihre Ursachen hatten und im letzten zu verstehen waren. Inge wollte keinen Menschen in seiner Haltung bewerten oder gar verurteilen, schon um ihres eigenen Seelenfriedens willen. Aber sie hatte den tiefen Wunsch, sich dem allen nicht mehr aussetzen zu müssen. Inge war einfach zu müde für dieses Taktieren, um sich gut darzustellen, und Machtspiele überhaupt …

Work-Out 4: LEBENSFREUDE

– Macht mir meine Arbeit Freude?

– Aus welchen Lebensbereichen beziehe ich Kraft und Freude?

– Bin ich bereit, Entscheidungen zu treffen, wenn ich feststelle, dass mir etwas mehr Verdruß als Freude bereitet?

– Welche Alternativen gibt es, wenn ich mich entscheiden sollte, meine derzeitige Arbeit aufzugeben?

– Zu welchen Abstrichen bin ich bereit, um meine Situation im Sinne von mehr Lebensqualität und mehr Lebensfreude zu verbessern?

– Wo kann ich Rat und Hilfe bekommen?

– Bin ich bereit, mein volles Ja zur Lebensfreude zu sagen?

– Welches sind meine nächsten Schritte auf diesem Weg?

Inge wählte den Weg in die berufliche Selbständigkeit. Was jetzt kam, war nicht nur neu, sondern äußerst fremd, schwierig, viel schwieriger, als sie es sich vorgestellt hatte. Sie arbeitete hart, aber in ihrem eigenen Rhythmus. Manchmal konnte sie es gar nicht glauben, dass sie länger schlafen konnte. Ihr Gewissen meldete sich. Stand ihr zu, den Tag, ihre Arbeit so zu genießen? Hatte sie das Recht, in einer Umgebung zu arbeiten, die ihr inneren Frieden gab, und in der sie mit Freude creativ sein konnte? Konnte es wahr sein, dass sie die Freiheit hatte, ihre Arbeit, wann immer sie wollte, zu unterbrechen, um mit dem Hund einen kurzen Spaziergang zu machen? Anschließend ging ihr die Arbeit wieder um einiges leichter von der Hand. Unglaublich, wie interessant vieles plötzlich wieder wurde.

Allein die Abstecher zu Armin, dem Freund der Familie, in seine Antiquitäten-Galerie, gerieten zu kleinen Highlights. Wie genoß sie es, mit ein paar Keksen im Gepäck bei ihm reinzuschauen. Jerry Cocker legte sich unaufgefordert unter den Tisch, während die Kaffeemaschine den ersten Kaffe freigab. Manchmal blieb sie länger, als sie es ursprünglich vorhatte, nur, um Armin dabei zuzuschauen, wie er an Sachen, die er frisch gekauft hatte, herumrestaurierte. Dabei ging ihr das Herz auf, und sie konnte sich wunderbar entspannen. Armin strahlte eine immense wohltuende Ruhe aus, auch wenn Inge wusste, dass auch ihn manches innerlich umtrieb. Schade, dachte sie bei sich, dass wir so gar nicht als Paar geeignet sind. Aber die Freundschaft, die sie für ihn empfand, bedeutete ihr eine Menge. Die kurzen, spontan sich ergebenden Gespräche mit ihm und seiner Mitarbeiterin bargen oft so viele ermutigende Impulse, dass Inge den Eindruck hatte, an viel zu vielem vorbeigelebt zu haben, und zwar über lange Zeit...

An manchen Tagen schlichen sich trübe Gedanken ein, trotz vielem, das Freude machte. Oft genügte es, wenn Inge den Hund beobachtete, wie er sich räkelte, schnarchte, dann zu ihr hoch blinzelte, weil er bemerkt hatte, dass sie ihn beobachtete. Er war wirklich ein echter Herzöffner und wunderbares Beispiel für bedingungslose Liebe ...

Work-Out 5: HERZ ÖFFNEN

- Welche Meditations-/Kontemplations-Techniken oder Gebete helfen mir dabei, immer wieder neu in Kontakt mit mir selbst, mit meiner inneren Stimme und Kraft zu kommen?

- Mit welchen Menschen bin ich auf ähnlicher Wellenlänge und kann mich mit ihnen von Herz zu Herz austauschen?

- Was hilft mir, mein Herz zu öffnen, wenn ich»zu« und im Denken verhaftet bin?

- Welche Beschäftigungen helfen mir, innerlich zur Ruhe zu kommen und mich wieder auf die wesntlichen Dinge des Leben zu besinnen?

- Welche Erfahrungen meines bisherigen Lebens können mir heute helfen, mit offenem Herzen, Selbst- und Gottvertrauen meinen Tag anzugehen?

- Welche»Reminder« – kleine Hilfen zur Erinnerung – kann ich in meinen Alltag einbauen, damit ich meinen inneren Kurs halten kann?

- Welche Möglichkeiten kann und will ich nutzen, um meine Entwicklungsschritte, meine Fortschritte festzuhalten?

Inges Tagebuch wurde jetzt viel wichtiger als bisher. Schon seit vielen Jahren führte sie Tagebuch – um ihre Träume aufzuschreiben, aber auch um ihre Einsichten, ihre Hilflosigkeit und ihre Fragen an den, der für sie alles in der Hand hielt, an Gott, weiterzugeben. Sie fühlte echte Entlastung, wenn sie ihre Unsicherheiten und Schwierigkeiten, vor allem in Fragen der Erziehung, auf diese Weise mit ihrem Big Boss, wie sie Gott oft nannte, besprechen konnte.

Mit zunehmenden Jahren hatte Inge erkannt, dass es zwei Dinge gab, an denen sie messen konnte, ob sie an sich vorbeilebte oder bei sich war: Tagebuch schreiben und Musik hören. Wenn sie weder das eine noch das andere tat, dann war im Grunde höchste Alarmstufe angesagt. Kaum noch Gelegenheiten zu finden, bei denen sie das Tanzbein schwingen konnte, daran hatte Inge sich in den vergangenen Jahren längst gewöhnt. Manchmal aber, wenn sie ihre Lebenskraft swingender spürte als üblich, kamen ihr fast Tränen darüber, daß sie so lange nicht getanzt hatte.

Ein Spaziergang mit Jerry Cocker führte Inge eines Nachmittags an einer Kirche vorbei. Es war Samstag, und die Glocken läuteten für eine Hochzeit. Beim Anblick der vor der Kirche geschäftigen Hochzeitsgäste, die eine Überraschung für das Hochzeitspaar vorbereiteten, wurde Inge sehr wehmütig. Wie oft war sie bei einer Hochzeit als Gast gewesen, hatte die ausgelassene Freude genossen, wie sie wohl nur bei Hochzeiten spürbar ist, wenn die Welt noch so phantastisch offen ist und der Himmel voller Geigen hängt. Sie spürte plötzlich, dass sie nie freier und freudiger getanzt hatte als bei Hochzeitsfeiern, vom Glanz und der überbordenden Freude des glücklichen Paares berührt und inspiriert.

In solchen Momenten wie dem Anblick eines Hochzeitspaares vermisste sie besonders einen Partner, mit dem sie über die Freuden und das Leid des Lebens hätte reden können. Gewiß, sie hatte Freunde, auf die sie sich verlassen konnte. Ihr Unterscheidungsvermögen hatte sich geschärft, und sie spürte im Bauch, wem sie vertrauen konnte und mit wem sie nur oberflächliche Gespräche führen wollte. Aber alle Freundschaften waren kein Ersatz für eine tragfähige Partnerschaft, auch wenn Inge immer mehr echte Freundschaft schätzen gelernt hatte.

Work-Out 6: PARTNERSCHAFT

– Wie habe ich – bilanzierend – meine bisherigen Partnerschaften erlebt?

– Was waren die Punkte, die mir besonders viel gegeben haben?

– Mit welchen Haltungen konnte ich auf Dauer nicht klarkommen?

– Welche Narben habe ich aus den Beziehungen zurückbehalten?

– Welche Qualitäten sind mir in einer Beziehung wichtig?

– Bin ich bereit, diese Qualitäten in eine Partnerschaft einzubringen?

– Was bin ich überhaupt bereit, in eine Partnerschaft zu investieren?

– Bin ich bereit, einem Partner zu vertrauen?

– Bin ich bereit, mir selbst und meinen Empfindungen zu vertrauen?

– Bin ich bereit, mich noch einmal auf einen Partner einzulassen?

_____

_____

_____

_____

_____

_____

_____

_____

Die Antworten, die Inge sich im Bezug auf Partnerschaft gab, waren echt erschreckend. Sich noch einmal auf einen Mann einzulassen – sie hatte ja wirklich schon vor längerer Zeit damit begonnen, das aus ihrem Leben auszublenden. Wie passte das zu ihrer Sehnsucht nach einem Mann an ihrer Seite?

Inge spürte, sie konnte sich einfach nicht mehr vorstellen, dass ein Mann sich wirklich für sie interessierte, und zwar so, dass er sein volles Ja zu ihr und der Beziehung mit ihr sagen konnte.

Das war ja offensichtlich schon in Zeiten unmöglich, als sie um einiges jünger und attraktiver war. Jetzt, da der Zahn der Zeit an ihr genagt hatte und nicht nur der erste Lack, sondern schon der zweite und dritte abblätterte, konnte sie es sich schon gar nicht mehr vorstellen, für einen Mann anziehend genug zu sein, um nicht mit der nächst` Attraktiveren betrogen zu werden.

Nein, sie wollte keine Partnerschaft mehr! Die wenigen Männer, die sie in ihrem Alltag erlebte und die ernsthafte Aspiranten hätten sein können, waren entweder gebunden, zeigten keinerlei Interesse oder waren schwul. Inge hatte oft die Erfahrung gemacht, für schwule Männer eine willkommene Gesprächspartnerin zu sein. Was peinlich bis schmerzhaft für sie war, war einfach die Tatsache, dass sie lange brauchte, um zu merken, dass ihr Gegenüber nicht mit ihr flirtete, sondern eine ähnlich fühlende Seele zum Gesprächsaustausch suchte.

Sie empfand sich irgendwie als Exot. Der Spruch ihrer Mutter aus Jugendtagen kam ihr in den Sinn:»Der Mann, der zu Dir passt, muß erst noch gebacken werden.«

Ja, so war das wohl. Mit zunehmendem Alter war Inge natürlich auch nicht gerade weniger schwierig oder unkritischer geworden. Mit Rauchern hatte sie so ihre Probleme, mit Männern, für die Alkohol selbstverständlich zum Feierabend gehörte, ebenso, dann fielen die Machos durch das Raster, außerdem die dreist mit jüngeren Flirtenden, während sie mit Inge in einem Restaurant speisten, dann noch die narzisstisch Veranlagten, die den ganzen Abend nur über ihre eigenen Projekte sprachen, und schließlich noch die defensiv Taktierenden, die dem weiblichen Gegenüber mit Blicken in die Pupillen krochen, um herauszufinden, wie sie ohne viel Widerstand so schnell wie möglich bekommen könnten, was sie wollten. Dabei hatte Inge natürlich auch Kombinationen von mehreren dieser Eigenschaften erlebt.

Was blieb da noch? Die Verheirateten, von denen der eine oder andere Inge signalisiert hatte, nicht abgeneigt zu sein für ein Abenteuer... Nein, danke!

Von den Männern ihres Alters erschienen Inge viele – mit Verlaub – wie Schlaftabletten. Abends vor dem Fernseher sitzend, mit einem Kristallweizen vor sich als höchstem Glück, dem Laptop auf dem Wohnzimmertisch – man war ja Multi-Task-Talent –, und diese Idylle sollte dann mit einem hübschen Frauchen als Sahnehäubchen dekoriert werden. Pflegeleicht sollte das niedliche Weibchen, mit schlanken Fesseln und String-Pumps-kompatibel, sein, nicht zuviel Meinung haben, aber doch genug, um ernste Gespräche mit ihm führen zu können, wenn ihm danach war.

Fünf Prozent – hochgegriffen – der Männer ihres Alters waren vielleicht von anderem Geblüt. Aber begegnen konnte sie in ihrem Leben eigentlich nur den anderen fünfundneunzig Prozent, fand Inge. Denn sie ging ja allenfalls mal in ein Speiserestaurant. Die Lokalitäten, wo sich auch andere vermeintlich Suchende aufhielten, hatte sie ja schon lange nicht mehr aufgesucht. Das Thema Männer war seit langem für Inge mit Zynismus belegt. Darunter lag Schmerz, der sie wie ein Frühwarnsystem davon zurückhielt, sich auf Flirtversuche im Zug oder beim Einkaufsbummel einzulassen. Sie fragte sich, ob sie nicht doch wieder dahinkommen wollte, ein wenig risikobereiter zu werden …

Inge betrachtete vor ihrem inneren Bildschirm ihr Leben, wie es sich im Hier und Jetzt vor ihr ausbreitete. Dann drehte sie sich um und schaute an, was hinter ihr lag. Ihr wurde klar, dass sie die Wahl hatte. Entweder sie blickte zurück im Groll und mit Verbitterung, oder sie gestattete sich, alles mit den Augen der Liebe anzuschauen, um dem Leben eine neue Chance zu geben.

Was das Thema Männer betraf, kam Inge zu dem Schluß, dass sie allen Grund dazu gehabt hätte, verbittert zu sein. Den Schock, mit der Tatsache konfrontiert zu werden, dass es »eine andere« gab, als sie selbst den Himmel noch voller Geigen wähnte, hatte sie schließlich nicht nur einmal erlebt. Ironie dabei war auch noch, dass sie von den Seitensprüngen sogar um Rat gebeten wurde, damit sie besser mit der Situation klarkommen konnten, daß sie nicht zuerst da waren. Erst, als sie wie Espenlaub zitterte, wenn das Telefon klingelte, bat Inge darum, den Kontakt um ihrer Nerven willen einzustellen. Daß sie mit ihrer Menschenfreundlichkeit oder Harmoniesucht oder Angst, nein zu sagen, so weit gegangen war, konnte sie heute nicht mehr verstehen.

Zum Thema Arbeitsplatz, Gehalt und fairer Bezahlung für gute Arbeit hätte sie auch einiges an Argumenten parat, fand Inge, um vor sich selbst und vor Gott Verbitterung rechtfertigen zu können. Was ihr am meisten zugesetzt hatte, war die Tatsache, dass sie nach dem Erwachsenwerden der Kinder Abzüge mit Steuerklasse eins zu entrichten hatte. Das fand Inge ungeheuerlich. Wenn jemand, ob Mann oder Frau, jahrelang mit einem einzigen Einkommen und Unterhaltszahlungen für die Kinder nach Düsseldorfer Tabelle für alle anfallenden Kosten aufzukommen hat, die Kinder nun einmal verursachen, dann sollte man ihm Steuerklasse eins ersparen. Er sollte sich auch einmal etwas leisten und für sein Alter vorsorgen können, fand Inge. Aber von solchen und ähnlichen Ungerechtigkeiten gab es zu viele, um sie von heute auf morgen ändern zu können, und ihre Lebensfreude war ihr zu wichtig, als dass Inge sie durch Fakten trüben lassen wollte, die nur langfristig geändert werden könnten.

Inge schaute sich ihre Lebensbereiche an: desillusionierend perspektivlos. Oder? Aber das konnte nicht alles gewesen sein! Ihre Lebensgeister waren doch wieder zu neuem Leben erwacht!
Ihr wurde klar, dass sie sich jetzt entscheiden musste. Wollte sie irgendwie weiterleben und Jammern zum festen Bestandteil ihres Lebens machen, oder wollte sie noch einmal aus ihrem Leben etwas machen, noch einmal neu durchstarten? Ihrem Leben einen Sinn geben…?

Sie hatte einen Zeitungsartikel über das Buch von der Kunst stilvoller Verarmung von Alexander von Schönburg gelesen. Auch für ihr eigenes Leben fand sie einige wichtige Impulse darin. Verzicht zu üben bei Dingen, die sie nicht wirklich brauchte – damit konnte sie sich schnell anfreunden. Wenn sie weniger Stress in ihrem Leben wollte, dann war das eine erforderliche Konsequenz.

Aber es ging ja auch darum, für ihr noch vor ihr liegendes Leben Sinn oder gar Erfolg neu zu definieren. Wohin sie auch schaute – ihr Leben bestand irgendwie nur aus Scherben, aus Bruchstücken, aus Resten…

Aus diesen Scherben etwas Neues zusammensetzen? Schaffe ich das? Will ich das? Vor langem hatte Inge jemanden sagen hören:»Der Mist der Vergangenheit ist der Humus für meine neue Saat.« Eine Frage, die ihr einmal gestellt wurde, fiel ihr wieder ein:» Was ist der Sinn des Lebens?« Antwort:»Dem Leben einen Sinn zu geben.«

Work-Out 7: LOSLASSEN

– Wegen welcher Erfahrungen spüre ich heute noch Ärger, Groll und Verbitterung in mir?

– Kann ich erkennen, dass ich durch diese bitteren Erfahrungen gewachsen bin?

– Bin ich bereit, diese Erfahrungen aus einer neuen, neutralen oder gar liebevollen Perspektive anzuschauen?

– Welche Stärken habe ich durch diese schmerzlichen Erfahrungen entwickeln können?

– Kann und will ich die negativen Gefühle im Zusammenhang mit diesen Erfahrungen jetzt ein- für allemal loslassen?

– Bin ich bereit, die Vergangenheit loszulassen und mich nach dem Neuen auszustrecken?

_____

_____

_____

_____

_____

_____

_____

_____

_____

_____

_____

Das war eine der schwersten Übungen, fand Inge. Frust und Groll, auf den sie schließlich ein Anrecht hatte, loszulassen, auf Schuldzuweisungen zu verzichten, auch auf die, die sie nur insgeheim und unausgesprochen hegte, das war harte Arbeit. Vielleicht waren gerade das die gefährlichsten, die Schuldzuweisungen, die heimlich, still und leise ihr Dasein fristeten und an Lebensfreude und –zuversicht knabberten, sinnierte Inge. Ohne Buhmänner, ohne Feindbilder zu leben, war eine echte Herausforderung, aber unbedingt nötig, denn eigenverantwortliches Leben verträgt keine Feindbilder. Statt dessen spürte Inge, dass sie sich jetzt entscheiden musste, aus dem, was sie in ihrem Leben vorfand, etwas Konstruktives zu machen.

Ihr kam die Biografie von Levi Strauss, dem Vater der Blue Jeans, in den Sinn, die sie sich vor einiger Zeit bei ihrem Sohn ausgeliehen hatte. Wann immer Levi Strauss ein Stein in den Weg geworfen wurde – er schaffte es, mit der neuen Situation eine Lösung zu creieren, die ihn umso erfolgreicher werden ließ. Unglaublich, welche Kraft Levi Strauss darin entwickelte, Fehlschläge und Niederlagen für sich umzudrehen. Für ihn waren Niederlagen neue Herausforderungen. Mit viel Creativität entwickelte er daraus neue Ideen, gewann Menschen dafür, ihm bei der Umsetzung zu helfen, und dankte es ihnen großzügig.

Inge stellte sich vor, wie es ihrer Mutter wohl ergangen war, als sie 55 Jahre alt war. Sie konnte sich gut daran erinnern, dass sie bei ihrer Mutter damals einiges an Resignation wahrnahm. Mit der Ehe war einiges anders gelaufen, als sie es sich gewünscht hatte, mit dem Geschäft auch, denn überall in der Stadt wurden Supermärkte eröffnet, und Tante-Emma-Läden kämpften um ihr Überleben. Die Tochter hatte das Nest verlassen, und Inges Mutter blieb mit dem immer kränker werdenden Ehemann zurück, jetzt war es die Leber. Inge kamen Tränen, als sie darüber nachdachte, wie aus ihrer Sicht die sogenannten besten Jahre ihrer Mutter abgelaufen waren. Noch fast dreißig Lebensjahre hatte Inges Mutter damals vor sich, in denen sie allerdings später für einiges entschädigt wurde, was das Leben ihr bis dahin vorenthalten hatte. Wenn sie mit 55 gewusst hätte, dass noch 30 Jahre vor ihr lagen, hätte sie dann die Weichenstellung geändert?

Inge überkam tiefe Dankbarkeit dafür, dass sie ihre Mutter in den letzten Tagen ihres Lebens begleitet hatte. Der Tod hatte für Inge dadurch einiges von seinem Schrecken verloren. Ihre innere Gewissheit, dass das Sterben lediglich eine Art Geburt in ein neues Leben sei, hatte dadurch noch gewonnen. Umso fassungsloser war Inge deshalb oft über sich selbst, wenn sie sich mit irrealen Ängsten konfrontiert sah angesichts eines Termins beim Finanzamt oder beim Zahnarzt.

Inge stellte sich vor, wie das sein könnte, wenn sie selbst noch dreißig Jahre vor sich hätte. Das wäre eine stattliche Anzahl an Jahren, die müssten doch gestaltet und nicht nur dahingelebt werden!

Work-Out 8: LEBENSPLANUNG

– Wie stelle ich mir mein Leben in fünf, zehn oder zwanzig Jahren vor?

– Welche Fähigkeiten habe ich, die mir helfen können, das zu erreichen?

– Welche Schritte muß ich heute gehen, um dort anzukommen?

– Was sind die größten Hindernisse auf diesem Weg?

– Welche Hindernisse sind überwindbar?

– Traue ich mir zu, diese Hindernisse aus dem Weg zu räumen?

– Kenne ich Menschen, die mit ähnlichen Schwierigkeiten zu tun haben?

– Kann ich mir vorstellen, mit anderen gemeinsam an der Lösung dieser Probleme zu arbeiten?

Ja, dem Leben Sinn zu geben, bedeutet, meine Begabungen und Fähigkeiten nicht nur für mich selbst zu nutzen, sondern sie in den Dienst zu stellen von etwas Größerem, etwas, an dem ich teilhabe, das aber aus dem Wir heraus agiert. Keine Egotrips! In meinem Alter und in dieser Lebensphase sollte Wettbewerbsdenken der Vergangenheit angehören. Wir haben alle unsere Erfahrungen gemacht, das Leben hat uns Wunden geschlagen, wir haben bewiesen, was wir können, und jetzt geht es um ehrliches Leben, darum, sich das Leben gegenseitig so angenehm wie möglich zu machen.

Inge freute sich sehr über diese Erkenntnis.

Wieviel konnte sie in dieser Hinsicht von ihren Kindern lernen! Inges Kinder hatten einiges an Erfahrungen im Bereich Jugendarbeit gemacht. Immer wieder stellten sie ihre Zeit und Fähigkeiten in den Dienst einer größeren Sache. Manchmal erzählten sie nach Workshops mit Jugendlichen oder ähnlichen Veranstaltungen von ihren Erlebnissen, ihren Ideen, neuen Erkenntnissen und der Tatsache, dass sie sich für ihren Zeitaufwand mehr als entschädigt fühlten.

Melanie, die Jüngste, hatte Inge vor kurzem von einem Experiment erzählt. Sie hatte mit einer Liste begonnen, in der sie alles aufzählte, wofür sie dankbar war, so als Test und als Vorbereitung für einen Workshop. Zunächst hatte sie sich eine Hunderter-Liste vorgenommen, und da die hundert längst überschritten waren, war die Tausender-Liste nächstes Ziel.»Mama, es ist echt erstaunlich, was diese Liste mit mir macht!«

Es gibt doch so vieles, für das ich zutiefst dankbar sein kann! Ich habe meinen Fokus sehr lange auf das gerichtet, was mir misslungen ist, worüber ich mich geärgert habe, auf die Situationen, in denen ich unter meinen Schwächen gelitten habe, und, und, und….

Wie wäre es, wenn ich jetzt auch mit einer Hunderter-Liste beginne, in der ich alles aufzähle, wofür ich dankbar bin? Mal schauen, was diese Liste mit mir macht ….

Work-Out 9: DANKBARKEIT

– Bin ich bereit, mich auf das Experiment einzulassen, Dankbarkeit und eine liebevolle Haltung im täglichen Leben als Schlüssel zur Lebensfreude zu (er-)leben?

– Bin ich bereit, auch für meine schmerzhaften Erfahrungen dankbar zu sein, weil sie mir dabei geholfen haben zu wachsen?

– Bin ich bereit, dem Leben etwas zurückzugeben für die erhaltenen Geschenke?

– Bin ich bereit, mich dem Leben ganz neu zur Verfügung zu stellen?

– Kann ich mir vorstellen, dass mein Leben viele kleine Abenteuer für mich bereithält, wenn ich eine dankbare Perspektive einnehme?

Der Lebens-Rückblick war eingeleitet, und Inge kamen weitere Fragen in den Sinn: Wenn ich mir vorstelle, ich müsste in einer Woche diese Welt verlassen – was würde ich auf jeden Fall erledigen wollen?

- einem alten Lehrer einen Dankesbrief schreiben
- eine frühere Freundin ausfindig machen
- dem Kollegen sagen, wie dankbar ich für seine Loyalität bin
- dem Zeitungsboten Trinkgeld geben
- der Kassiererin im Supermarkt ein Dankeschön für ihr Lächeln sagen
- meinen Kindern dafür danken, dass ich besonders durch sie diejenige werden konnte, die ich heute bin
- meinem – noch imaginären – Partner einen Liebesbrief schreiben, wie er seit langem keinen bekommen hat

Wie wäre es, diese Dinge schon jetzt umzusetzen, auch wenn ich noch viele, viele Jahre dafür Zeit haben sollte?

Frisch und gestärkt wie nach einem Vollbad aller Sinne, Gedanken und Gefühle – so spürte sich Inge mit dem Blick auf neue Perspektiven, kleine und größere Abenteuer und die Vorfreude darüber, dass ihr Leben allmählich wieder Konturen annahm.

Ja, sie war dankbar für ihre Kinder, ihre Enkelkinder, sie war dankbar für ihre Freunde, dafür, dass sie gesund war und mit Freude arbeiten konnte, sie war dankbar, dass sie von liebevoller Hand durch die Klippen des Lebens geführt wurde.

Sie war dankbar für ihre innere Stimme, die beharrlich geblieben war, besonders in den dunklen Stunden. Sie war dankbar dafür, daß sie sich getragen fühlen durfte und daß sie dieses Getragen-Sein wieder spüren konnte.
 Sie war dankbar für die Sonne, für den Regen. Sie war dankbar, dass sie wieder dankbar sein konnte.

Inge freute sich auf ihr Leben, das vor ihr lag. Vielleicht würde ja Krollekopps drittes Lebensdrittel sogar zu einem der aufregendsten Kapitel ihres Lebens ...

Literaturhinweise:

Anderson, Linda C. *35 Golden Keys to Who You Are & Why You`re here.* Minneapolis: ECKANKAR, 1997.

Carnegie, Dale. *Sorge dich nicht – lebe.* S. Fischer Verlag GmbH, Frankfurt am Main, Mai 2003, ISBN 3-596-50692-1.

Carter-Scott, Cherie. *Wenn Erfolg ein Spiel ist, sind dies die Regeln.* Wilhelm Heyne Verlag GmbH & Co. KH, München, 2002, ISBN 3-453-21167-7.

Ford, Carin T. *Levi Strauss – The Man behind Blue Jeans.* Enslow Publications, ISBN 0-7660-2249-8.

Garfield, Charles. *Spitzenmanagemant im Team.* Berlin: Ullstein 1995 (Ullstein-Buch Nr. 35470), ISBN 3-54835470-X.

Klemp, Harold. *Der Wind der Veränderung.* Minneapolis: ECKANKAR, 1995, ISBN 1-57043-105-1.

Moore, Mary Carroll. *How To Master Change in Your Life.* Minneapolis: ECKANKAR, 1997.

Norwood, Robin. *Wenn Frauen zu sehr lieben.* Rowohlt, Berlin, 1999, ISBN 3-49919-100-8.

Schönburg, Alexander von. *Die Kunst des stilvollen Verarmens.* Rowohlt, Berlin, 2005, ISBN 3-87134-520-2.

Vielen Dank, liebe Leserin, lieber Leser,

für Ihr Interesse an Inges Geschichte.
Wenn Sie eigene, ähnliche Erfahrungen haben wie Inge und mir von Ihren Erlebnissen, Erkenntnissen und Ihren Erfahrungen mit den Work-Outs schreiben möchten, dann freue ich mich sehr darauf.

Gerne lese ich auch Ihre Kritik, Ihre Anregungen und Ihre Vorschläge im Zusammenhang mit diesem Buch oder meinem Projekt

RENT A SOLUTION.

Dafür danke ich Ihnen schon jetzt sehr herzlich.
Bitte schreiben Sie mir an die folgende Anschrift:
> Dina Johnas
> Postfach 201371
> 79753 Waldshut-Tiengen

Die Autorin hat das Projekt RENT A SOLUTION, ein Selbsthilfe-Projekt für Rentner und solche, die es werden wollen, initiiert.

Die Zahl der Rentnerinnen und Rentner, die mit dem Existenz-Minimum oder weniger und zudem einsam leben, ist bereits heute sehr hoch. Diese Zahl wird in den nächsten Jahren weiter ansteigen.

In Ergänzung zu den bestehenden und sich bewährenden Möglichkeiten, wie dem betreuten Wohnen und einem Platz im Pflegeheim, will RENT A SOLUTION aktive Menschen ab 55 Jahren zusammenführen, die im Sinne von Hilfe zur Selbsthilfe eine Alternative für gute Lebensqualität im Rentenalter suchen und daran mitwirken möchten.
Es geht um die Gestaltung der vielleicht wichtigsten Lebensjahre in Form einer lebensbejahenden und creativen Alternative zum Single-Dasein im Alter – miteinander und füreinander da zu sein.

Von jedem verkauften Exemplar des vorliegenden Buches fließen 50 Cents in den Aufbau von Interessengruppen an verschiedenen Standorten Deutschlands.

RENT A SOLUTION   Rente mit Lebensqualität
Gemeinsames Mieten als Problemlösung, nicht nur bei niedriger Rente – für aktive Rentner und solche, die es werden wollen

Ziel:
–   Wohnen in Vierer-Wohngemeinschaften für Singles und Paare ab 55
–   Kostenersparnis bei Miete, Heizung, Telefon, Fernsehen, Hausrat- und Haftpflichtversicherung, beim Auto u.s.w.
–   Pflege gemeinsamer Interessen – auf freiwilliger Basis
–   Möglichkeiten der Zusammenarbeit nutzen mit Krankenhäusern, Altenpflegeheimen (Mahlzeiten) und dem Hospizdienst vor Ort
–   Angebote an Familien in der Nachbarschaft im Bereich Schulaufgabenbetreuung und Nachhilfe, entsprechend den vorhandenen Möglichkeiten und Ideen; jede Wohngemeinschaft entwickelt ihre eigenen individuellen Angebote
–   Initiativen im Sinne des Gemeinwohls, entsprechend der Bereitschaft der einzelnen und ihrer Interessenlage
–   Gemeinsame Unternehmungen der verschiedenen Wohngemeinschaften, je nach Wunsch und Initiative, sowie bundesweite Vernetzung und Austausch

Entscheidend ist, was Freude macht!

Weg:
–   Anzeigen in den Tageszeitungen verschiedener Klein- und Großstädte
–   Organisation von Informationsabenden zum Kennenlernen und mit dem Ziel, Aktiv- und Passivmitglieder zu gewinnen
–   Gründung eines gemeinnützigen Vereins

Inhalt